W0237150

COLLECTION FOLIO

Leonardo Sciascia

Todo modo

Traduit de l'italien
par René Daillie

Denoël

Titre original :

TODO MODO

© *Einaudi, Turin, 1974.*
© *Éditions Denoël, 1976, pour l'édition française.*

Leonardo Sciascia est né en 1921 à Rocalmuto, dans la province sicilienne d'Agrigente, où se trouvent des mines de soufre. Petit-fils de mineur, fils d'un employé des mines, il travaille alternativement comme fonctionnaire et instituteur. Retraité en 1970, après avoir passé la majeure partie de sa vie sans avoir quitté son pays natal, il commence à voyager et peut se consacrer à son œuvre.

Son premier ouvrage, *Les paroisses de Regalpetra* (1956), avait un caractère documentaire. Mais l'auteur passe vite à la fiction, comme en témoignent les brefs récits qui composent *Les oncles de Sicile* (1961) et les nouvelles d'inspiration analogue de *La mer couleur de vin* (1973). Dès cette époque, il invente un genre littéraire : le conte moral et policier, avec *Le jour de la chouette* (1961), *Le Conseil d'Egypte* (1963) et *A chacun son dû* (1966). Ces récits satiriques, qu'il dit lui-même parodiques (« travestissement burlesque d'une œuvre sérieuse ») et dans lesquels il noue puis dénoue une énigme policière, comportent en filigrane une dénonciation sévère des mœurs de la mafia. Les meilleures illustrations de ce genre littéraire restent à ce jour *Le contexte* (1971), porté à l'écran par Francesco Rosi sous le titre *Cadavres exquis*, et *Todo modo* (1974), également adapté au cinéma et tourné par Elio Petri.

Il est aussi l'auteur d'enquêtes historiques et contemporaines, de pièces de théâtre et d'un essai sur Pirandello.

Car en vérité la cause par excellence de toutes choses est tout ensemble exprimable en peu de mots comme en beaucoup et aussi sans un mot, en ce que d'elle il n'est discours ni connaissance, puisqu'elle transcende tout au-delà de toute substance et se manifeste sans voiles et dans sa vérité à ceux-là qui dépassent tant les choses impures que les pures et vont plus haut dans l'ascèse que les cimes les plus hautes de la sainteté et abandonnent toutes les clartés divines et les sons et paroles célestes pour se plonger dans le brouillard où se trouve véritablement, comme dit l'Ecriture, celui qui est au-dessus de toutes choses... Nous élevons-nous plus encore, nous dirons que cette cause n'a ni âme ni intelligence, ni imagination ni opinion, ni raison ni connaissance; qu'elle n'est ni concept ni conception, qu'elle ne se peut dire ni concevoir; qu'elle est hors de tout nombre, ordre; ni grandeur ou petitesse, ni égalité ou inégalité, ni similitude; elle ne se tient quelque part ni ne se déplace, pas plus dans le calme que douée d'énergie; n'étant ni énergie ni lumière; qu'elle ne vit ni n'est vie ni substance, ni perpétuité ni temps; qu'elle ne donne aucune prise à l'intelligence; n'étant ni science ni vérité, ni royauté ni sagesse; ni une, ni déité, ni bien, ni esprit ainsi que nous pouvons l'entendre; ni filiation ni paternité; ni rien de ce que nous, pas plus qu'aucun être, pouvons connaître; qu'elle n'est pas du domaine du non-être, non plus que de l'être, que personne ne la connaît telle qu'elle est, mais qu'elle ne connaît personne en tant qu'être; qu'on ne peut avoir d'elle une connaissance rationnelle, un concept, aucune science; ni ténèbre ni lumière, ni erreur, ni vérité...

DENYS L'ARÉOPAGITE, *De Mystica theologia*

Elle laissa choir l'ultime voile de la pudeur en citant saint Clément d'Alexandrie.

CASANOVA, *Histoire de ma vie*

« A l'instar d'une définition célèbre qui fait de l'univers kantien une chaîne de causalités suspendue à un acte de liberté, on pourrait, dit le plus grand critique italien de notre temps, résumer l'univers pirandellien comme une longue servitude dans un monde sans musique, suspendu à une possibilité musicale infinie : à la musique intacte et satisfaite de l'*homme seul.* »

Je croyais avoir parcouru, *à rebours*[1], toute une chaîne de causalités; et avoir abordé de nouveau, homme seul, l'infinie possiblité musicale de certains moments de l'enfance, de l'adolescence : lorsqu'en été, à la campagne, je restais longuement à l'écart en un lieu que je faisais semblant de croire lointain et inaccessible, un lieu d'arbres et d'eaux; et la vie entière, le passé bref et le très long avenir, se mêlaient musicalement, et sans fin, à la liberté du présent. Et pour bien des raisons, dont la dernière n'était pas d'être né et

1. En français dans le texte.

d'avoir vécu des années durant dans des lieux pirandelliens, parmi des personnages pirandelliens, avec des traumatismes pirandelliens (au point qu'entre les pages de l'écrivain et la vie que j'avais vécue jusqu'au-delà de la jeunesse, il n'y avait plus d'écart, ni dans ma mémoire, ni dans mes sentiments); pour bien des raisons, dis-je, je retournais dans ma tête, toujours plus précise (si bien que je la transcris aujourd'hui sans la vérifier), la phrase du critique : en tant que phrase ou thème, précisément, de l'infinie possibilité musicale dont je disposais. Ou, du moins, dont je me flattais de disposer.

Pour dire la chose plus simplement : j'étais libre de tout engagement en fait de travail ou de sentiment; j'avais ce qu'il me fallait, peu ou prou (mais feignant de croire qu'il s'agissait de peu), pour satisfaire tout caprice ou besoin; je n'avais ni programme ni but (sinon ceux, fortuits, des heures de repas et de repos); et j'étais seul. Nulle inquiétude, nulle appréhension. Sauf celles, obscures et irrépressibles, que m'a toujours inspirées la vie, que j'ai toujours eues pour elle; et s'y greffaient, s'y branchaient, l'inquiétude et l'appréhension quant à l'acte de liberté qu'il me fallait encore accomplir : mais légèrement, et dans un léger engourdissement, comme si je m'étais trouvé à l'intérieur d'un jeu de miroirs, sans rien d'obsessif mais lumineux et tranquille comme l'heure et le lieu que je parcourais, prêt à répéter, à multiplier, quand il se serait déclenché, quand l'aurait déclenché ma volonté, mon acte de liberté.

J'étais en voiture. Et ce moyen de locomotion, que d'ordinaire je détestais et dont je me servais très peu, s'était mis à faire partie de ma liberté dès l'instant que j'avais décidé d'être libre. Je conduisais sans hâte, avec un calme qui rendait sans danger les distractions où je tombais fréquemment. Et c'est précisément cette allure modérée, ce plaisir tranquille avec lequel je regardais autour de moi en conduisant, qui me permirent de repérer, à un tournant, la pancarte *Ermitage de Zafer, 3 km,* en noir sur jaune : à quoi mordirent aussitôt, comme à un hameçon, cette inquiétude, cette appréhension que j'avais. J'arrêtai la voiture, puis la fis lentement reculer, jusqu'à ce que j'eusse devant moi le panneau jaune et noir. *Ermitage de Zafer, 3 km.* Le mot ermitage, le nom de Zafer, le nombre 3 : choses pour moi également et diversement suggestives; s'y ajoutait la suggestion qu'ils étaient trois, le trois qui se répétait : et aussi le fait que depuis trois jours, justement, j'errais en liberté (parce que, je l'avoue, je suis affecté d'une névrose trinitaire légère mais tenace dont je ne sais comment elle s'est formée et fixée). L'ermitage est un lieu de solitude; et non de cette solitude objective, naturelle, que l'on découvre le mieux et apprécie le plus quand on est en compagnie : un bel endroit solitaire, comme on dit; mais de cette solitude qui a reflété une solitude humaine et s'est pétrie de sentiment, de méditation, qui sait même, de folie. Quant à Zafer : un saint homme, musulman ou chrétien? Et à trois kilomètres, pas un de plus, pas un de moins. Je fis une brève manœuvre pour m'engager sur la petite route asphaltée (et l'asphalte aurait dû me mettre en garde) et me lançai dans la montée. Chênes-lièges et châtaigniers faisaient comme un tunnel, l'air embaumait les genêts tardifs. Et tout à coup un vaste espace asphalté, fermé sur un côté par une énorme caserne de béton trouée d'horribles fenêtres étroites et oblongues. Je m'arrêtai, déçu et furieux, car on voyait bien que la route ne pouvait continuer et donc que l'ermitage, désormais, ne pouvait être que cette bâtisse monstrueuse. Un hôtel, selon toute probabilité. Je restai un moment indécis à me demander si j'allais faire demi-tour sans descendre de voiture ou descendre pour jeter un coup d'œil alentour et demander qui avait planté là cette caserne et pourquoi. La curiosité l'emporta; et l'envie de me dédommager de ma déception en disant à quelqu'un – car il devait bien y avoir quelqu'un à l'intérieur, même si l'endroit semblait inhabité et si tout était silencieux – l'indignation que j'éprouvais à trouver un hôtel là où je cherchais un ermitage. Je descendis de la voiture et la fermai à clé, car le silence avait je ne sais quoi de mystérieux et de sinistre. La porte centrale de l'édifice, grande, vitrée, était ouverte. J'entrai et me trouvai, comme je l'avais prévu, dans le hall d'un hôtel. Au comptoir de la réception, avec derrière lui le casier hérissé de clés, il y avait un prêtre. Jeune, brun, chevelu. Il était en train de lire *Linus.* En me voyant entrer, il eut les yeux qui se voilèrent d'ennui. Il répondit sans voix à mon salut, seules ses lèvres remuèrent.

– Excusez-moi : est-ce un ermitage ou un hôtel? demandai-je avec une certaine violence et une certaine ironie.

– C'est un ermitage, et c'est un hôtel.

– L'ermitage de Zafer?

– L'ermitage de Zafer, précisément.

– Et l'hôtel?

– L'hôtel quoi?

Très agacé.

– L'hôtel, quel nom a-t-il?

– De Zafer.

Et détachant les mots pour que je me les enfonce bien dans la mémoire :

– Hôtel de Zafer.

– Ermitage de Zafer, hôtel de Zafer. Bien. Et Zafer, qui était-ce?

– Un ermite, naturellement : si cet endroit était un ermitage.

– Etait..., soulignai-je.

– Est.

– C'est vous qui l'avez dit : était... De toute façon, c'était un ermite musulman?

– Musulman, jamais de la vie! Vous croyez que nous aurions continué à honorer un musulman?

– Et pourquoi pas? L'œcuménisme...

– Rien à voir avec l'œcuménisme... Il avait été musulman, puis il se convertit à la vraie foi.

– La vraie foi : mais c'est une expression de musulman!

Je voulais continuer de l'agacer.

– Possible..., dit le prêtre : et il jeta de nouveau les yeux sur *Linus*, pour me faire comprendre que je l'ennuyais et le dérangeais.

– Si cela ne vous dérange pas, appuyai-je, pour bien lui faire comprendre que j'entendais précisément le déranger, je désirerais savoir quelque chose sur Zafer, sur l'ermitage... Et sur l'hôtel.

– Vous êtes journaliste?

– Non. Pourquoi?

– Si vous êtes journaliste, vous perdez votre temps : le scandale a déjà eu lieu.

– Quel scandale?

– A propos de l'hôtel : qu'on n'aurait pas dû, que c'est laid... Déjà fait : il y a trois ans.

– Je ne suis pas journaliste. Et j'aimerais aussi savoir quelque chose sur le scandale.

– Pourquoi?

– Je n'ai rien à faire. Ni vous non plus, à ce que je vois.

Il jeta sur *Linus* un regard désormais sans espoir.

– Vraiment, dit-il, j'aurais à faire.

– A faire quoi? demandai-je, avec impertinence, pour le provoquer.

– Oh... fit-il avec un geste de la main qui englobait toutes les choses qu'il avait à faire, la grande confusion dans laquelle il lui faudrait se plonger qui sait pour combien de temps et au prix de quelle fatigue; et c'était pour cela même qu'en attendant, afin de se tenir frais pour l'épreuve, il lisait *Linus*.

Je le lui dis. Il s'en sentit piqué, mais devint plus affable.

– Que voulez-vous que je vous dise? Du scandale, à savoir de la façon dont les choses ont été présentées par certains journaux et certains hommes politiques, je connais peu de chose... Ce qu'il y a eu : et *basta*... Il y avait un ermitage : une maison tombée en ruine, une petite église mal tenue; et don Gaetano, voilà trois ans, a construit cet hôtel... La République protège le site, je le sais; mais comme don Gaetano protège la République... Bref : l'histoire habituelle.

Il eut un sourire aigre. On ne comprenait pas s'il en avait après don Gaetano ou après la République.

– Et don Gaetano, qui est-ce?

– Vous ne savez pas qui est don Gaetano?

Mi-étonné, mi-incrédule.

– Je l'ignore. Je devrais le savoir?

– Je dirais que oui...

Il commençait à s'amuser.

– Et pourquoi?

– Mais à cause des choses qu'il a faites, des choses qu'il fait...

– Il a fait cet hôtel : elles sont toutes du même acabit, les choses qu'il fait?

– Cet hôtel, il l'a fait pour ainsi dire de la main gauche.

– Et de la droite?

– Des écoles : par dizaines, par centaines peut-être. Partout. De tous les degrés. Même une université.

– Des centaines d'écoles et un hôtel.

– Trois hôtels.

– Ah, trois hôtels. Et toujours en détruisant des ermitages?

– Il ne détruit pas les ermitages : il les englobe. Ici, l'ermitage de Zafer est intact. C'est devenu une crypte.

– Et on peut la voir?

– Sûr qu'on peut la voir.

Il eut un soupir de lassitude, s'attendant à ce que je lui demande de la voir.

Ce que je ne fis pas.

– Et don Gaetano? dis-je.

– Don Gaetano quoi?

– On peut le voir aussi, don Gaetano?

– Certainement : il est ici. Il passe ici tout l'été.

Des trois hôtels qu'il a construits, c'est celui-ci qui lui est le plus cher.

– Et pour quelle raison?

– Je ne sais. Peut-être qu'il est attaché à cet endroit par des souvenirs d'enfance. Parce que cette construction, peut-être, lui a coûté une guerre plus longue... Mais il l'a gagnée.

– Evidemment, il ne pouvait que la gagner.

– C'est vrai, convint-il, il ne pouvait que la gagner.

Le ton était celui de l'orgueil, mais légèrement voilé de pudeur. Je jetai un coup d'œil à la ronde.

– Pour être tranquille c'est tranquille, dis-je. C'est aussi confortable?

– L'hôtel? Tout ce qu'il y a de confortable.

– Je m'y arrêterais bien pour quelques jours, dis-je.

– Ce n'est pas possible.

– Tout est pris? dis-je ironiquement car l'hôtel paraissait désert, et l'était.

– Pour l'instant, y compris le personnel de service, nous sommes vingt et un. Mais demain nous faisons le plein.

– Tous les clients arrivent à la fois?

– Ce sont des clients particuliers.

Il fit une pause; puis, comme s'il me confiait un secret :

– Pour des exercices spirituels.

– Oh, des exercices spirituels...

Je feignis un étonnement à la mesure de ce qu'il voulait bien me confier. Mais à vrai dire, étonné, je l'étais un peu. Depuis des années, de nombreuses années, je n'avais pas entendu parler d'exercices spirituels; et je croyais qu'on n'en faisait plus. On en parlait beaucoup dans mon enfance, quand arrivaient au village les missions de Saint-Paul : événement aussi important, dans l'année, que l'arrivée des tournées Petito-D'Aprile pour l'opérette et d'Origlia-Palmi pour le théâtre; et tout aussi ponctuel. Les missionnaires de Saint-Paul faisaient des sermons pour tous et des exercices spirituels pour quelques-uns; et pour finir plantaient, en quelque point des alentours, une croix de fer en souvenir de la mission. La dernière fois que j'avais entendu parler d'exercices spirituels, ç'avait été après la guerre : les élections approchant, les premières, un Père dominicain était venu prêcher, insufflant un tel enthousiasme aux membres du corps enseignant et à la classe des employés qu'ils le suivirent toute une semaine dans une villa mise à sa disposition par un riche dévot. Le plus beau, c'est que les francs-maçons y étaient allés également et en revinrent aussi aiguisés de corps et d'esprit que ceux qui n'étaient pas francs-maçons.

– Des exercices spirituels, confirma le prêtre. Chaque année, ponctuellement : les fournées se succèdent à partir du dernier dimanche de juillet.

– Et ça dure combien, une... fournée?

– Une semaine.

– Et combien de fournées?

– Trois, quatre. Trois jusqu'à l'an dernier, quatre depuis cette année.

– Le nombre des fidèles augmente?

– Oui, certainement, dit le prêtre – mais sans conviction. Il avait des doutes. Et reprenant le ton de la confidence :

– Mais la plus importante, c'est la première fournée.

– Pourquoi?

– A cause des gens qui y participent.

Et, baissant la voix, et nouant plus serré encore la confidence :

– Des ministres, des députés, des présidents et des directeurs de banques, des industriels... Et trois directeurs de journaux, également.

– Vraiment importante, cette fournée, dis-je. Ça me plairait fort de me trouver ici pendant que ces messieurs feront leurs exercices spirituels.

– Impossible.

– Je comprends... Mais aujourd'hui et demain, tant que vous n'avez pas fait le plein, comme vous dites, je pourrais rester, non?

– En théorie...

– Et en pratique?

– En pratique, pourvu que don Gaetano dise

oui, il faudrait vous contenter de peu, vous adapter : le service est insuffisant; et puis la cuisine...

– Et je serais le seul... disons le mot... hôte payant?

– Pas le seul, il y en a cinq autres.

Et, pris entre l'exaspération et le goût du mystère :

– Cinq dames.

– De vieilles étrangères? dis-je.

– Mais non : ni vieilles, ni étrangères.

– Mais seules?

Il lui passa dans le regard un éclair de malice; et comme pour s'en laver les mains, il dit :

– Elles sont arrivées seules.

– Mais vous-même, vous doutez qu'elles soient vraiment seules.

– Non, non..., dit-il faiblement.

Et pour que les formes soient respectées :

– Je voulais dire : elles sont arrivées seules mais à présent elles se tiennent compagnie.

– Je serai donc le sixième.

– Il faut d'abord en parler à don Gaetano.

– Parlons-lui-en.

– Pas tout de suite. Plus tard, quand ce sera l'heure du repas. On ne peut pas le déranger lorsqu'il se recueille; il est en bas, dans la chapelle.

Il pointa l'index vers le carrelage.

– L'ermitage de Zafer, dis-je.

– Précisément... En attendant, vous pouvez vous promener où vous voudrez : dedans, dehors...

La conversation avait pris fin, irrémédiablement : ses yeux se dirigèrent de nouveau vers *Linus* avec avidité.

Je sortis, franchis l'espace asphalté, entrai dans le bois. Au fur et à mesure que je m'éloignais de l'hôtel, les arbres devenaient plus serrés, l'air plus frais, avec une odeur de résine. La solitude était parfaite. Et je songeais à toute cette perfection, à la liberté avec laquelle j'étais là à en jouir, quand j'entrevis comme un lac de soleil et des couleurs qui y bougeaient. Je m'approchai avec précaution. Dans la clairière, au soleil, il y avait des femmes en bikini. C'étaient certainement les cinq dames de l'hôtel, dont m'avait parlé le jeune prêtre. Cinq, en effet. Je m'approchai encore, toujours sans faire de bruit. Et elles n'en faisaient pas non plus : quatre allongées sur des serviettes-éponges aux couleurs vives, l'autre assise, au contraire, plongée dans la lecture. C'était une apparition. Quelque chose de mythique et de magique. A les imaginer toutes nues (il s'en fallait de peu qu'elles ne le fussent), entre l'ombre obscure du sous-bois où je me tenais et la tache de soleil où elles étaient, avec ces couleurs, dans cette immobilité absorbée, je voyais un tableau de Delvaux (non de moi : car jamais je n'ai su voir la femme comme mythe et magie, ni pensive ni rêveuse). Elle était de Delvaux, cette disposition, cette perspective dans laquelle ces femmes se tenaient par rapport à mon œil; et aussi ce qui ne se voyait pas, et que je savais : le fait qu'elles étaient seules dans cette énorme caserne aveugle tenue par des curés. Je m'attardai un peu à les épier : elles avaient de beaux corps. Quatre étaient blondes, une, brune. Les larges lunettes de soleil qu'elles portaient m'empêchaient de voir si elles étaient belles : et la distance aussi, malgré ma presbytie.

Je dois avouer que je caressai l'idée d'une aventure; et que j'eus plaisir à m'imaginer au milieu de leur compagnie, me sentant, si peu de temps auparavant et même plus, dans une solitude parfaite. Mais je m'éloignai et repris le chemin de l'hôtel.

Je trouvai don Gaetano (ce ne pouvait être que lui) appuyé de l'extérieur au comptoir sur lequel le curé-portier lisait alors non plus *Linus,* mais un livre à la reliure noire. Elancé, dans sa longue soutane noire, immobile; dans les yeux un regard lointain, fixe et égaré; un chapelet à gros grains noirs enroulé à la main gauche; la droite, grande et presque diaphane, sur la poitrine. Il avait l'air de ne pas me voir, mais vint à ma rencontre. Et toujours comme s'il ne me voyait pas, en me donnant la sensation curieuse, frisant l'hallucination, de se dédoubler visuellement, physiquement – une figure immobile, froide, proprement rebutante, qui me rejetait au-delà de l'horizon de son regard; une autre pleine de bienveillance paternelle, accueillante, fervente, attentionnée –, il me souhaita la bienvenue à l'hôtel de Zafer. Ce n'était plus, ou plus seulement, un ermitage, mais un hôtel : laid, à coup sûr, il le reconnaissait : mais que peut-on faire aujourd'hui, avec ces architectes?... Présomptueux, fanatiques, inapprochables... Pas de comparaison, et de loin, avec les maîtres maçons d'autrefois... La laideur, en tout cas, ce n'était pas sa faute; le confort, un peu grâce à lui... Les architectes! Les deux grandes impostures de notre temps : l'architecture et la sociologie. Et la médecine était sur le point de les rejoindre, tombée désormais au niveau de la plus ignoble sorcellerie...

Et comme pris d'une préoccupation soudaine :

– J'espère que vous n'êtes pas architecte, ni sociologue ni médecin.

– Je suis peintre, dis-je.

– Peintre... C'est cela, j'ai l'impression de vous reconnaître... Attendez, ne me dites pas votre nom... A la télévision, il y a trois ou quatre mois : on montrait comment naît un tableau, un de vos tableaux... Franchement, on aurait pu faire voir comment on peint un tableau plus beau... Mais vous l'avez fait exprès, j'imagine : comment naît un tableau laid pour un monde laid, un tableau sans intelligence pour ces millions d'êtres sans intelligence qui se tiennent devant un poste de télévision.

– Vous y étiez, vous aussi, devant le téléviseur, dis-je un peu irrité.

– C'est un compliment, mais peut-être n'en suis-je pas digne : je regarde trop souvent la télévision pour pouvoir me dire complètement à l'abri de la lèpre de l'imbécillité... Trop souvent; et je finirai par l'attraper, si ce n'est déjà fait... Parce que, je l'avoue, la contemplation de l'imbécillité est mon vice, mon péché... Précisément : la contemplation... Jules César Vanini, qui fut brûlé comme hérétique, reconnaissait la grandeur de Dieu dans la contemplation d'une motte de terre; d'autres dans celle du firmament. Moi, c'est dans l'imbécillité que je la reconnais : il n'est rien de plus profond, de plus abyssal, de plus vertigineux, de plus inaccessible... Sauf qu'il ne faut pas trop contempler... Voilà, j'y suis : vous êtes...

Et il prononça mon nom.

– Le mécanisme grâce auquel vous êtes parvenu à vous rappeler mon nom n'a rien de flatteur, je dois dire.

Cela sur le ton de la plaisanterie, mais avec une pointe de ressentiment.

– Oh non : pendant que je parlais de l'imbécillité, une partie de mon esprit fonctionnait à la recherche de votre nom, s'efforçait de l'accrocher dans ses engrenages... C'est une petite machine à part, la mémoire : la mienne, du moins... Donc vous voulez rester ici aujourd'hui et demain. Ce sera un honneur pour nous, mais pas un plaisir pour vous, je le crains. Quoi qu'il en soit : tout l'hôtel est à votre disposition, sauf les chambres déjà occupées.

– Mais j'aimerais rester plus longtemps : j'ai appris qu'il y aura des exercices spirituels.

– Vous voulez les faire vous aussi?

– Disons que je voudrais exercer ma spiritualité en assistant en spectateur aux exercices spirituels des autres.

– Pure curiosité, en somme.

– Je l'admets.

– Ou pire : l'envie de surprendre les autres dans des pratiques que vous tenez, peut-être, pour indignes des hommes; de vous moquer d'eux...

– Peut-être.

– Ma foi... on ne peut jamais dire...

– Dire quoi?

– Rien : vous avez entendu parler des exercices spirituels, et il vous est venu le désir d'y assister... Et vous croyez que cette impulsion vous est venue de l'envie de vous divertir, de vous moquer de... Mais on ne sait jamais ce qui peut naître d'une telle impulsion : un acte de liberté...

– ... auquel viennent se souder ensuite les anneaux de la causalité.

Il me regarda, pour la première fois, avec un certain intérêt.

– C'est cela, dit-il, la chaîne.

Il s'inclina légèrement. Et disparut.

Je descendis de ma chambre quand j'entendis, dans le corridor, retentir longuement une sonnette, comme dans les gares quand on annonce l'arrivée d'un train : le même son. Je l'interprétai comme l'annonce que le repas était servi; et je ne me trompais pas.

Le réfectoire était vaste, encombré de tables rondes et carrées dont deux seulement étaient dressées et occupées. Don Gaetano m'appela à la sienne. Ma place, à sa droite. Et il y avait quatre autres prêtres, le portier compris. Les cinq femmes étaient à une table très éloignée de la nôtre; ce qui n'empêchait pas d'entendre leurs voix, leurs conversations; et elles se mêlaient dans ce cercle comme de l'eau coulant par cinq bouches dans le bassin d'une fontaine. Elles se turent quand don Gaetano se leva pour la prière et le *benedicite;* et ce dernier, il le dit en se tournant aussi vers elles mais avec un geste qui, sans perdre de sa solennité, était nuancé de nonchalance et en même temps de raillerie : à la façon de celui qui, ayant mangé la chair, jette l'os au chien. Les femmes se signèrent d'un air contrit, murmurèrent la prière, se signèrent de nouveau. Et repartirent à jacasser. Don Gaetano se rassit et versa du vin à tout le monde en commençant par moi, le louant en connaisseur, mais avec les mots français dont usent aujourd'hui ceux qui n'y entendent rien. C'était, dit-il, un vin du cru; un vin de mi-côte, entre montagne et mer; et il cita en grec le poète grec qui avait d'après lui célébré ce vin, ce vin même, de ce même cru. Il ne parla de rien d'autre. Il buvait avec plaisir et mangeait sans appétit. Et l'appétit, la nourriture avait de quoi vous le couper : insipide, mal cuisinée; et on ne pouvait, pour la faire descendre, qu'y ajouter sel et poivre, afin de mettre en relief le vin, à la vérité excellent. A la fin, pour s'excuser, don Gaetano me dit que le cuisinier arriverait le lendemain soir, et que pour ce qui était de manger, ce serait tout différent.

Identique le dîner; et de même le déjeuner du lendemain. N'eût été ma curiosité à l'égard des exercices spirituels et de ceux qui y participaient, je serais parti; malgré le plaisir que me donnait la conversation de don Gaetano, qu'il parlât de vin ou d'Arnobio, de saint Augustin, de la pierre philosophale, de Sartre.

Le dîner du second soir fut meilleur en vérité, quoique relativement. Le chef et ses aides étaient arrivés tard dans l'après-midi : ils avaient pu seulement corriger, aménager. Mais cette amélioration suffit pour nous hausser jusqu'à une certaine bonne humeur, comme le constata don Gaetano; qui, de là, s'en prit à ces sots qui font montre de n'avoir cure de ce qu'ils mangent, ou sont naturellement assez frustes ou mal éduqués pour ne s'en point soucier réellement. Il parla de la cuisine française : la seule, et à juste titre, qui pût compter dans ses rangs un héros comme Vatel, comparable à Caton d'Utique; parce que ce dernier s'était tué pour la liberté, qui s'en allait, et l'autre pour le poisson, qui n'arrivait pas, l'acte avait devant Dieu la même valeur, animé qu'il était de la même passion : le respect de soi.

– Mais, objectai-je, il y a respect de soi et respect de soi : on ne peut, et Dieu ne devrait pas non plus, mettre sur le même plan le poisson, qui du reste n'était que l'un des nombreux mets que l'on apportait à la table de Louis XIV, et la liberté.

– Et pourquoi pas? Sans tenir compte de Dieu, puisque ce que nous savons de son jugement est donné par les choix que nous faisons en vue de notre salut, et je pense que nos choix comptent moins que notre volonté de salut; sans tenir compte de Dieu, donc en admettant que le respect de soi-même soit un choix juste, le témoignage de Vatel était plus exemplaire que celui de Caton : le poisson devait arriver, et en effet il arriva une heure après le suicide de Vatel... Mais la liberté?

Une discussion s'amorça, que rendit plus confuse et enchevêtrée la participation des quatre autres curés. Nous les laissâmes, don Gaetano et moi, se déchaîner : chacun voulant dire son mot sans tenir le moindre compte de celui des autres; et le dîner fini, nous partîmes qu'ils en étaient déjà presque aux insultes.

En sortant du réfectoire, don Gaetano me demanda si j'étais vraiment décidé à rester pour assister aux exercices spirituels. Je répondis que oui, j'étais décidé. J'eus l'impression qu'il s'en réjouissait, malicieusement; mais fendant l'air de sa grande main blanche, il me fit en manière de plaisanterie un geste de reproche et de menace, comme pour dire : le vilain mécréant, qui veut surprendre au nid, dans sa forteresse, le bon croyant; il va falloir en rendre compte, mon garçon. Et ainsi, me laissant dans les yeux cette image de sa main, il s'évanouit. (Il me faut expliquer ici pourquoi, disant de don Gaetano qu'il s'en va, qu'il s'en est allé, j'ai utilisé les verbes disparaître et s'évanouir; et les utiliserai encore, et d'autres aussi peut-être comme s'évaporer et se dissoudre. Et je dois recourir au souvenir d'un jeu auquel on jouait dans mon enfance : on dessinait sur une feuille une silhouette tout en noir, un seul point blanc au centre; on regardait fixement ce point blanc en comptant jusqu'à soixante; puis on fermait les yeux ou on regardait vers le ciel : et on continuait de voir la silhouette, mais blanche, mais diaphane. Avec don Gaetano, il se produisait quelque chose de semblable : lui parti, son image persistait comme lorsqu'on ferme les yeux ou regarde le vide; si bien qu'on ne réussissait jamais à saisir le moment précis, réel, où il s'éloignait. C'était là un effet découlant de cette espèce de dédoublement dont j'ai essayé de parler. Le fait est que, lorsqu'on était avec lui, il se formait comme une espèce d'hypnose. Mais certaines sensations sont difficiles à rendre.)

Par suite d'une certaine impatience qui m'avait agité aussi dans mon sommeil, je me levai à l'aube de ce grand jour. Je ne voulais pas manquer l'arrivée de ceux qui toute une semaine allaient se consacrer à cette gymnastique de l'esprit (mais sans mortification de la chair, puisque le fameux cuisinier était arrivé). Je m'y pris un peu trop à l'avance, toutefois; même si je n'eus pas à m'en repentir. Je n'avais pas vu l'aube ainsi, d'une fenêtre, sur la terre, depuis vingt ans au moins. Sauf quelquefois, durant cette longue période, en voyageant par avion : mais ce n'était pas la même chose. Je restai un peu à la fenêtre pour jouir de ce parfait et complet équilibre entre la nature et mes sens. Et il me vint l'envie de peindre. Mais je me retins aussitôt dans la crainte de déséquilibrer, de gâcher; et donc de ne pas rendre. Autant dire que c'était une envie des plus banales et, en un certain sens, académique; lieu commun, en somme. L'envie de celui qui, ne sachant peindre, ou sachant peindre sans être vraiment peintre, déclare, face à un spectacle de la nature, à un paysage, à une certaine disposition d'objets dans l'espace et la lumière : ce serait à peindre – ce qui est précisément l'éloge le plus banal et académique de la nature, en même temps que l'on dévalue et dégrade la peinture; laquelle, pour moi du moins, s'adresse à tout ce qui ne serait pas à peindre. C'était une fausse envie, du reste : et je l'avais su dès l'instant qu'elle m'était venue. Je l'avais su au fait que j'avais les pieds froids : car depuis que j'ai lu cette parole de Voltaire comme quoi pour peindre bien il faut avoir chaud aux pieds (encore qu'il se référât aux peintres anglais : et je dirais, précisément, y compris Bacon et Sutherland), j'en ai tenu compte et en ai fait sur moi la preuve. Les tableaux que j'ai peints « de pieds froids » sont mes tableaux les plus mauvais; mais cela n'empêche pas que ce soient les plus appréciés, tant des critiques que des collectionneurs. Et j'en avais peint suffisamment, de pieds froids, pour qu'il me vînt le désir, pour tout de bon, d'en peindre un pendant que je me sentais libre, non plus lié au métier, au marché, aux expositions , à l'argent, à la célébrité; même si cette liberté, hélas, me venait du fait que j'avais déjà tout : une grande célébrité, beaucoup d'argent, des expositions dans toutes les parties du monde, un marché en perpétuelle ascension, un métier qui me permettait de torcher jusqu'à deux ou trois tableaux par jour. De pieds froids, bien entendu. Ceux que je peignais « de pieds chauds », peu nombreux désormais, je les gardais pour moi; c'est-à-dire en vue d'une plus tardive et plus juste gloire. Mais pour être sincère, je ne me soucie plus guère de gloire posthume.

Quoi qu'il en soit, je me sentais libre à tous égards. Libre même à l'égard de la peinture. Ou mieux (puisque nous en sommes à parler de cela, il n'est pas opportun d'essayer de m'expliquer, à fond), cette espèce de fugue, cette mienne illusion de liberté ne voulaient être qu'une pause, une mesure pour rien : afin de revenir à une peinture de pieds chauds, selon la sage recommandation de Voltaire. Retour impossible, et c'est ce que je me disais par éclairs : je continuerais à peindre beaucoup de pieds froids, et peu, très peu, de pieds chauds. Mais les choses audedans de nous sont toujours horriblement compliquées; et plus nous nous leurrons, ou essayons de nous leurrer, plus évidente et immédiate s'annonce la désillusion.

Je restai donc un petit moment à la fenêtre : à

jouir de ce complet et parfait équilibre, *et caetera...* Je me plongeai ensuite dans l'eau bien chaude pour me réchauffer les pieds et me les ôter ainsi de la conscience. Et de fait je sortis du bain ragaillardi. Je me fis la barbe, me coiffai, m'habillai. Et descendis.

Il y avait une grande animation dans le hall. Le personnel de service s'était multiplié. Et aussi les prêtres, j'en comptai sept nouveaux, qui allaient et venaient, très affairés. Trop de confusion; et je sortis sur l'esplanade, où l'on avait mis quantité de chaises longues : toutes vides, mais leur toile pendant mollement et portant l'empreinte des corps qu'elles avaient accueillis, et placées comme si elles avaient défait toutes seules une disposition par rangées pour en composer une par cercles, elles donnaient l'impression, également par les couleurs du bois et de la toile écrue à raies verticales bleues et rouges, d'une peinture métaphysique. Je vins compléter le tableau : à quiconque se serait montré à l'une des fenêtres de l'hôtel, je serais apparu comme un mannequin abandonné sur un fauteuil (je vis les tableaux d'autrui plus que les miens; et particulièrement ceux des peintres les plus éloignés de moi).

L'esplanade, il me semble l'avoir déjà dit, était des plus vastes. Outre l'espace occupé par les chaises, il y avait de quoi offrir des possibilités de parking et de manœuvre à toutes les voitures qui se présentaient. Mais il fallut bien attendre neuf heures avant qu'elles ne commencent à arriver.

Les quatre premières se succédèrent rapidement. Au moment où la première s'arrêta devant la porte de l'hôtel, don Gaetano se matérialisa sur le seuil. Mais peut-être était-il déjà là avant. Un évêque sortit de la voiture. Et il en sortit un autre de chacune des trois suivantes. Quand ils furent réunis, je m'aperçus que l'un de ces trois avait le bonnet rouge au lieu du violet. Un cardinal; et c'est sans grand respect, je dois l'admettre, que je le distinguai grâce au souvenir d'un vers de Belli, « le noir s'ôta et se coiffa du rouge », dans l'épisode où une patrouille de gendarmes fait irruption dans un bordel et où le brigadier qui la commande voit venir à sa rencontre un curé qui solennellement, ôtant sa calotte noire et s'en mettant une rouge, se métamorphose en cardinal, à la grande confusion du brigadier.

Un prince de l'Eglise; et partant, une dizaine de motos, avec un nombre égal d'agents motocyclistes qui, touchant le sol de la pointe du pied, s'y appuyaient jambes écartées à se les disloquer, faisaient vrombir leurs engins sur l'esplanade, m'empêchant d'entendre ce que se disaient le cardinal, les évêques et don Gaetano. Mais ils échangeaient, semblait-il, des compliments et des mots d'esprit. Don Gaetano, comme à l'ordinaire, en soutane; les quatre autres en pantalon et veston gris fer, pectoral de même ton sur quoi se détachait le crucifix d'argent, col dur et luisant. Et la calotte. Aucun des quatre ne me semblait avoir une personnalité bien marquée. Deux avaient des visages de paysans, et deux, dont le cardinal, de bureaucrates : de ceux qui, à cheval sur le règlement, bravement tatillonnent. S'ils avaient ôté leur calotte et qu'il eût fallu deviner, c'est don Gaetano qu'on eût donné pour cardinal, les autres auraient eu l'air de curés, deux curés de ville et deux curés de campagne. Malgré son air de dévotion filiale, de joie et par instants d'hilarité, don Gaetano observait un détachement, une froideur, une sévérité qui suscitaient en moi un sentiment de pleine admiration. Mieux que cardinal, il aurait pu aussi être pape.

Les motards s'éloignèrent en faisant vrombir plus fort leurs machines. Dans le silence soudain, j'entendis le cardinal louanger la beauté et le caractère grandiose de l'hôtel. Don Gaetano, à ce qu'il sembla, regarda de mon côté avec un clin d'œil de compassion ironique : pour ce pauvre cardinal qui aurait dû savoir ce qui est véritablement grandiose, véritablement beau, et qui ne le savait pas. Puis il dit :

– Eminence...

et entraîna avec lui dans l'hôtel ce grappillon de hiérarchie.

Attentif à saisir ce que pouvaient se dire le cardinal, les évêques et don Gaetano, je ne m'étais pas aperçu que d'autres voitures étaient arrivées. Presque toutes avec chauffeur en uniforme, et donc d'organismes officiels ou de ministères. Quiconque en descendait devait être ministre, sous-secrétaire d'Etat, directeur général, président, vice-président. Quelques-unes, en revanche, avaient une femme au volant : et je compris sans peine qu'il s'agissait d'épouses accompagnant leur mari, mais pour ramener la voiture. L'une d'elles excita mon imagination : pas belle à proprement parler (mais les femmes vraiment belles, je ne les ai jamais aimées, sauf une que j'ai épousée et quittée aussitôt), mais grande et belle de corps; une expression intelligente, ironique; quelque chose dans les mouvements, dans le sourire, dans l'éclat des yeux d'à peine contenu, d'impatient, comme prête à éclater en un cri de libération, à courir, presque à voler de joie. Et tandis que le mari ouvrait le coffre arrière et en extrayait les valises, elle, parlait, volubile; et sa voix sonnait pour moi comme une invite, au point que les recommandations qu'elle faisait à son mari, de ne pas prendre froid, de manger avec modération, de mettre son écharpe le soir, et de ne pas oublier ses pilules aux repas, voulaient quasiment dire pour moi (qu'elle avait remarqué et peut-être reconnu) : et voilà, je laisse là ce crétin, ce porc, ce filou; et toute une semaine je serai libre, libre, libre... Et tandis que je déchiffrais cette invita-

entre lui et moi; et que son image, en plus vieux, plus sage, plus usé, était celle de moi à laquelle j'aspirais.

Soudain l'esplanade se vida, redevint silencieuse et déserte comme le matin. Ou bien est-ce soudain que j'en pris conscience?

Je rentrai à l'hôtel. Les prêtres-portiers étaient deux, cette fois : celui qui était là à mon arrivée et un autre qui faisait partie des quatre dont j'avais fait la connaissance à table.

– Et maintenant, qu'est-ce qui se passe? demandai-je.

– Les hôtes sont allés dans leur chambre; d'ici une demi-heure ils descendront pour la messe. C'est le cardinal qui la célébrera. Puis don Gaetano prendra la parole.

– Dans cette chapelle, là, au sous-sol?

– Oui, dans cette chapelle, au sous-sol.

– Je pourrais y assister?

– Je pense que oui : don Gaetano n'a aucune objection à ce que vous assistiez aux exercices spirituels, à ce que j'ai cru comprendre; et puisque les exercices commencent avec cette messe...

Je lui dis merci et m'éloignai. J'étais indécis. Non que cela me parût une indiscrétion, vu que j'étais resté là précisément pour la commettre, mais j'avais peur de m'ennuyer et d'être contraint, par discrétion, à ne pas m'en aller avant la fin.

Mais j'y allai. Et m'ennuyai modérément. Je

n'avais pas assisté à une messe depuis au moins un quart de siècle (et écrire un quart de siècle au lieu de vingt-cinq ans fait partie de mes coquetteries d'homme vieillissant). Et c'était la première fois que je l'entendais en italien : aussi me laissai-je aller à des réflexions sur l'Eglise, son histoire, son destin. A savoir sa splendeur passée, sa misère présente, sa fin inévitable. Sous l'angle esthétique, croyais-je : mais il y avait au contraire, dans les choses qui me venaient en désordre à l'esprit, quelque chose de plus profond et obscur; quelque chose de plus dangereux. Un fond de malaise, d'inquiétude; comme chez celui qui part et, à peine parti, a le sentiment d'avoir oublié ou égaré quelque chose, sans savoir précisément quoi. Mais si je tiens à confesser pleinement, voire même à l'excès, cet état d'âme, il faut dire que je me sentais frustré et égaré. Cette pierre immobile à laquelle je m'étais, en ennemi, aiguisé des années durant; ce roc de superstitions et de peurs, d'intolérance, de latin : voilà qu'il était friable et pauvre comme la plus pauvre des mottes de terre. Je me rappelais encore (l'ayant servie à dix ans) certains passages de la messe en latin : et je les comparais à l'italien à quoi on les avait réduits, diminués; proprement diminués, y compris dans le sens où l'on dit : « Il est bien diminué, le pauvre! » « Comme cette eau se mêle au vin pour le sacrement de l'Alliance, puissions-nous être unis à la divinité de Celui qui a pris notre humanité. » Discours insipide comme le sont ces êtres auxquels il fait penser, qui à table mettent de l'eau dans leur vin. « *Deus, qui humanae substantiae dignitatem mirabiliter condidisti, et mirabilius reformasti : da nobis per hujus aquae et vini mysterium, ejus divinitatis esse consortes, qui humanitatis nostrae fieri dignatus est particeps, Jesus Christus Filius tuus Dominus noster : Qui tecum vivit et regnat in unitate Spiritus Sancti Deus : per omnia saecula saeculorum*[1] » : où était à présent le sens de ces paroles et, en deçà ou au-delà du sens, le mystère?

Mais toi, me disais-je, ce que tu voulais, c'était précisément ceci : que le mystère se dissolve, que de ce scénario grandiose, de cette majestueuse illusion, ne demeurent que les portants nus et désolés, comme quand on vient voir au théâtre les *Six personnages* de Pirandello... Encore que cette démystification du théâtre, chez Pirandello, soit une forme qui le réinvente et le réaffirme : donc tu voulais que l'Eglise, renonçant à la mystification, à la tromperie, se réinvente et se réaffirme?... Mais non, je voulais

1. « Dieu, qui d'une manière admirable as créé la nature humaine dans sa noblesse, et l'as restaurée d'une manière plus admirable encore, accorde-nous, selon le mystère de cette eau et de ce vin, d'avoir part à la divinité de celui qui a daigné prendre notre humanité, Jésus-Christ, ton Fils, notre Seigneur, qui vit et règne avec toi dans l'unité du Saint-Esprit, car il est Dieu, aux siècles des siècles. »

qu'elle finisse. Et déjà elle est proche de sa fin... Et pourtant... La vérité, c'est que tant de choses en nous, que nous croyons mortes, sont comme dans une vallée du sommeil : qui n'a rien de charmant, rien de celle de l'Arioste. Et la raison, sur leur sommeil, doit sans cesse monter la garde. Ou peut-être même, parfois, les éveiller et les laisser sortir de cette vallée : mais afin qu'elles y redescendent mortifiées et impuissantes... Mais si la tentative est un échec? C'est là le point. Un point auquel, en vérité, je ne m'étais jamais trouvé : vu que tout, au-dedans et autour de moi, était à présent, et depuis des années, fiction. Je ne vivais qu'en me trompant, et en me faisant tromper. Seules sont vraies les choses que l'on paie, que l'on paie du prix de l'intelligence et de la douleur. Et moi, désormais, je ne payais plus que par l'entremise des banques. Il n'était sentiment, conviction, idée, pour quoi on me demandât autre chose qu'une signature sur un chèque. (Un de ces jours je ferai une exposition de toiles portant ma seule signature, à vendre à des prix plutôt élevés; et au marchand, je suggérerai ce slogan : « Faites-les vous-même, un grand peintre les a déjà signées pour vous »). De même pour la douleur d'autrui (la maladie, la misère, le désastre qui frappaient des personnes que je ne connaissais pas ou qui, sans que je les connusse, s'adressaient à moi; la guerre où l'on brûlait des peuples entiers ou l'oppression sous laquelle ils gémissaient), il suffisait d'une signature pour qu'aussitôt s'en évanouissent les images et que je m'en libère. Et je m'étais de cette manière libéré de tant de choses; de trop de choses pour ne pas me sentir, à ce moment-là, loin de la vérité, loin de la vie... M'assaillit alors la pensée, un tantinet ironique, qu'à continuer ainsi de réfléchir et de m'accuser, je finirais par les faire pour de bon, ces exercices spirituels : et serais le seul, car tous ces autres, venus les faire, y paraissaient, et y étaient, tout à fait étrangers. Pendant la messe, ils ne faisaient que se parler à l'oreille, pour ceux qui étaient voisins; ou se saluer avec des signes et des sourires, pour ceux qui étaient éloignés. Ils se sentaient en vacances : mais des vacances qui leur permettaient de renouer des relations fructueuses, d'ourdir les trames du pouvoir et de la richesse, de renverser des alliances et rendre trahison pour trahison.

« La messe est finie : allez en paix. » Mais non, pas question de s'en aller : car les bruits de pieds et de chaises, qui aussitôt s'étaient élevés, s'éteignirent à l'apparition, derrière la balustrade du chœur, de don Gaetano. Ceux qui s'étaient laissés aller, de toute évidence, se sentaient honteux : et sur leur contrition silencieuse, don Gaetano fit s'abattre la grêle de son blâme. Il parlait d'une voix traînante, comme qui réprime à grand-peine un bâillement sans cesse renaissant; et sans changer de ton, passa des reproches aux explications : sur le sens et la nécessité de ces exercices, examen de conscience pour chacun comme pour tous, et pour l'année écoulée et pour celle qui s'ouvrait; bilan final et prévisions. Et comme tous ceux qui s'étaient rassemblés dans ce lieu pour y exercer leur esprit et en renouveler les forces représentaient le monde chrétien et catholique dans le gouvernement de la chose publique et, de façon générale, dans les choses destinées au bien public, il leur fallait principalement se demander au cours de cette semaine, se demander absolument : avons-nous donné à Dieu ce qui est à Dieu?

A ce moment-là, un de ceux qui se trouvaient devant moi souffla à l'oreille de son voisin :

– Il veut sûrement construire un autre hôtel.

Mais il promena aussitôt à la ronde un regard apeuré; et, soupçonnant que je l'avais entendu, me fit un sourire complice, croyant que j'étais de sa clique : et que je ne pouvais ignorer, par conséquent, ce que ce saint homme de don Gaetano, saint sans aucun doute mais exigeant, entendait par service de Dieu. Don Gaetano, d'ailleurs, ne s'étendit pas sur le mérite qu'il y avait à donner à Dieu (omettant complètement, bien entendu, le fait de donner à César) : il laissa le thème se répercuter dans chaque conscience particulière et se traduire, suivant l'échelon du pouvoir et les fonctions occupées par chacun, en images concrètes ou en chiffres.

– A présent vous pouvez aller, dit enfin don

Gaetano, en faisant peser sur le premier mot le restant du reproche par quoi il avait commencé son discours.

Tout le monde, sans précipitation cette fois, se leva et se dirigea vers la sortie. Le cardinal et les trois évêques avaient déjà disparu, par la sacristie sans doute, et nous restâmes seuls, don Gaetano et moi, dans la chapelle qui paraissait plus grande. Don Gaetano, comme d'habitude, avait l'air de ne pas me voir; mais au bout d'un moment, il se mit à me parler. Il avait compris pourquoi j'étais resté.

– Vous n'avez pas encore bien vu la chapelle, qui est d'ailleurs la petite église de l'ermitage... Comme vous voyez, elle a été épargnée : les retouches les plus récentes remontent au XVIIe siècle... L'ermitage de Zafer! Toute une histoire inventée sous la lampe par un érudit local, dans la seconde moitié du siècle dernier... Il y avait la tradition, la légende, d'un ermite au visage basané et à la barbe blanche; et le pharmacien du village, ici, dans la vallée, lui a donné un nom, Zafer... Je crois que dans la tête du pharmacien les choses se sont combinées comme ceci : il y avait le nom de la contrée, Zaffú; et la traduction, publiée depuis peu par Michel Amari, du *Solwan el Mota'* d'Ibn Zafer. Qui sait, le texte lui aura semblé chrétien : il arrive qu'on voie, en isolant tel passage d'un texte tout autre que chrétien, jaillir par éclairs le christianisme... Zaffú, Zafer... : tellement plus beau, Zafer; le saphir, le safre, le safran... Et puis il y avait ce tableau.

Il me le montra du doigt, et jusqu'à ce moment-là je ne l'avais pas vu : un saint basané et barbu, avec un gros livre ouvert devant lui; et un diable à l'expression mi-onctueuse mi-railleuse, les cornes rougeoyantes, comme de chair écorchée. Mais ce qui frappait le plus, chez le diable, c'est le fait qu'il portait des lunettes : un pince-nez à monture noire. Et de plus, l'impression d'avoir déjà vu quelque chose de semblable, sans me rappeler où ni quand, conférait à ce diable à lunettes un je-ne-sais-quoi de mystérieux et d'effrayant; comme si je l'avais vu en rêve ou dans les visions terrorisantes de l'enfance.

– Sur ce tableau, poursuivit don Gaetano, le pharmacien a bâti une légende : Zafer, le saint, n'a plus très bonne vue; le diable lui apporte en cadeau des lunettes. Mais ces lunettes possèdent, c'est évident, une qualité diabolique : si le saint les accepte, il lira toujours à travers elles le Coran au lieu de l'Evangile ou de saint Anselme ou de saint Augustin :

Las, que le signe pur de tes syllabes s'altère,
En cyrillique contourné se mue...

La citation me surprit : don Gaetano avait lu celui que je considère, moi, comme le dernier poète italien, du temps de la poésie italienne : et il en savait des vers par cœur.

– En coufique, dans ce cas, comme on appelle l'écriture du Coran... Inutile de vous dire que Zafer évente la supercherie et n'accepte pas le cadeau : au contraire, il ignore radicalement la présence du diable... Mais ce tableau, comme vous le savez, n'est qu'une copie, plutôt grossière, de celui de Manetti qui se trouve à Sienne dans l'église de Saint-Augustin. Curieux tableau, de toute façon. Et sans tenir compte des fantaisies du pharmacien, je dirais même inquiétant... Le diable avec des lunettes : ce que voulait dire Manetti, en rapport avec son temps, est assez évident; mais aujourd'hui...

– Comme alors : tout instrument qui aide à voir clair ne peut être que l'œuvre et l'offre du diable. Je veux dire pour vous, pour l'Eglise.

– Interprétation laïque, et d'un laïcisme vieillot : celui des associations placées sous l'égide de Giordano Bruno ou de Francisco Ferrer... Moi je dirais, au contraire : toute corruption de la nature ne peut être que l'œuvre et l'offre du diable.

– Interprétation sadienne.

– Mais Sade était chrétien, dit don Gaetano en s'arrachant à la contemplation du tableau et en me regardant étonné : étonné de ce que je ne le susse point, que nul ne m'en eût parlé jusque-là.

– Si c'est vous qui le dites... dis-je avec une ironie un peu trop voyante.

– Ce n'est pas moi qui le dis, dit brusquement don Gaetano.

Il marcha un moment de long en large dans la chapelle comme si je n'avais pas été là; puis revint au tableau. Pour ma part, un peu fâché contre moi-même à cause de l'ironie banale de ce « si c'est vous qui le dites », j'essayais de mettre au point une phrase d'une ironie un peu plus subtile; mais don Gaetano, après avoir gravi les degrés de l'autel, avait tiré d'une poche intérieure à hauteur de sa poitrine une paire de lunettes et, les ayant chaussées, se soulevant sur la pointe des pieds, s'était incliné pour examiner de près l'angle droit du tableau. Quand il se retourna pour me dire : « Venez voir, il y a la signature », j'eus un instant de stupeur et de vertige : ses lunettes étaient la copie exacte de celles du diable. Il ne remarqua pas ma stupeur, qui pourtant devait être visible; ou bien il fit semblant de ne pas la remarquer, tout en y prenant plaisir. Du reste, je n'attendis pas plus longtemps pour lui rendre coup pour coup, si tant est que telle eût été son intention, en prenant un air qui voulait dire : vieil histrion, elle est bonne pour ton troupeau d'imbéciles, cette trouvaille des lunettes. Mais il ne sembla même pas faire cas de ce que je fusse passé de la stupeur au mépris. Je m'approchai pour lire la signature. Avec effort je déchiffrai : b, u, t, a, s, u, o, c, o; Butasuoco.

– Buttafuoco, corrigea don Gaetano. Vous n'avez pas vu le deuxième t et vous avez lu s pour f... Nicolò Buttafuoco, un peintre local. Et selon un autre érudit d'il y a deux siècles, et non moins fantaisiste que le pharmacien, ce diable est son autoportrait, cornes comprises... Un jour qu'il peignait une madone, du fait qu'il avait pris pour modèle une prostituée, il lui advint de dire « eh bien, cette madone, si elle fait des miracles, ce jour-là il me poussera des cornes! » et voilà que les cornes lui poussèrent, et ce fut le premier d'une longue série de miracles que se mit à faire cette madone... Tout ce qu'il y a de méritées, ces cornes, vu qu'il peignait comme un sagouin.

Il ôta ses lunettes et les remit dans sa poche de poitrine. Et avec l'indifférence voulue de celui qui a fait son coup, tel le chat qui vient de croquer le canari, il poursuivit :

– Ce nom de Buttafuoco, dans la réalité comme dans l'imagination, a toujours quelque chose à voir avec le mal, ou du moins avec la confusion : ce peintre qui fait son autoportrait à l'image du diable; le Buttafuoco de Boccace, dans la nouvelle sur Andreuccio de Pérouse... Exquise, cette recherche de Croce sur la nouvelle de Boccace : avoir trouvé sur les registres angevins un Buttafuoco parmi les transfuges siciliens... Et il continua ainsi à parler de tout et de rien en me tenant par le bras pour aller au réfectoire.

Il me voulut encore à sa table. A la place des quatre curés, il y avait le cardinal et les trois évêques; et on avait ajouté deux couverts, pour le ministre et un industriel. Je me sentais très mal à l'aise. Et cela non parce que je ne m'étais jamais trouvé à table avec des ministres, des industriels et des prélats (car d'ordinaire, bien au contraire, il ne se passait guère de jour sans que j'en trouve un, ou tout un assortiment, à ma table); mal à l'aise, donc, mais à cause du lieu et du moment : un hôtel tenu par des curés, un rassemblement de catholiques en vue d'exercices spirituels. Et si j'étais surpris et égaré du fait de me trouver là, les autres le furent plus encore quand don Gaetano fit les présentations (impeccablement, en me présentant aux quatre prélats, puis en me présentant, à moi, le ministre et l'industriel). Et peut-être crurent-ils, tout à coup, que je m'étais converti; mais quand le cardinal me tendit sa main à baiser et que je la lui serrai comme à tout un chacun, la perplexité se peignit sur leurs visages, mais à l'égard de don Gaetano, sur qui convergèrent des regards mi-interrogatifs mi-préoccupés : et don Gaetano expliqua que je me trouvais là par hasard, par curiosité, presque par aventure.

Comme ce que faisait don Gaetano ne pouvait être qu'à bonne fin, ils se rassurèrent. Et ils se crurent tous obligés, tout à coup, de louer tel ou tel de mes tableaux : les prélats, ceux qu'ils avaient vus à des expositions ou dans des collections privées, le ministre et l'industriel ceux qu'ils possédaient (ainsi donc ils en possédaient, et même de ceux que j'avais peints « de pieds chauds »). On en vint ainsi à parler peinture : et nonobstant les compliments qu'ils m'avaient adressés, il fut bien clair immédiatement que pour les quatre prélats la peinture était bel et bien morte depuis un siècle ou presque, le dernier à la pratiquer ayant été Nicolò Barabino (et à ce nom m'affleura à la mémoire le visage de la Madone à l'olivier que ma mère avait, en reproduction oléographique, au chevet de son lit et que des années durant, depuis la première fois peut-être où j'avais eu un crayon en main, j'avais copié : toujours de façon prodigieuse, d'après ma mère; à la fin, passablement, selon moi; et que, pour le ministre et pour l'industriel, elle n'avait jamais existé sinon, à un certain moment de leur vie et de leur richesse, en termes d'investissement et de cotation. Et ils n'en étaient pas pour autant d'accord avec les prélats : car chez les antiquaires la cote restait incertaine en matière de peintres mineurs et incalculable pour les grands, au-delà de toute appréciation sincère et véritable; tandis que pour les modernes, qu'ils fussent grands ou petits, elle était stable, et en ascension régulière. A cela près que chez les modernes il n'y en avait pas de grands, objecta le cardinal qui ajouta tout à coup, sans conviction :

– A part, bien sûr, notre ami ici présent.

De mon côté, sans conviction, je m'abritai derrière le nom de Guttuso. Le cardinal dit que la grandeur exigeait quelque chose de plus. Don Gaetano, au contraire, se mit à louanger, de Guttuso, cette crucifixion qui avait fait scandale voilà trente ans et qu'on espérait, à présent, acquérir pour les musées du Vatican. L'un des évêques demanda pourquoi ce scandale.

– Parce que tous les personnages y sont nus, dit don Gaetano sur un ton d'étonnement narquois à l'égard de ceux qui, il y a trente ans, s'étaient offusqués de voir peuplée de nus la scène de la Crucifixion. Les prélats convinrent que déshabiller le Christ, la Madone et les pleureuses était tout ce qu'il y a de plus innocent, si la chose était faite dans l'innocence d'intentions et de résultat; et puis notre époque adressait des insultes autrement graves à cette sublime tragédie. Et on allait passer à la classification des insultes de notre temps, quand l'un des évêques revint à l'assaut en avançant cette réserve que Guttuso était communiste.

– Et qui ne l'est pas? dit don Gaetano. Et avec une intonation parodique : *Parce que nous ne pouvons pas ne pas nous dire communistes.*

On ne comprenait pas s'il parlait sérieusement ou s'il plaisantait. C'est pourquoi il y eut, de la part de tous comme de moi-même, une approbation ambiguë. Et le silence tomba.

Je le rompis, intimidé, mais en m'efforçant de parler sur un ton léger, presque un ton de plaisanterie et de dédain en demandant ce qu'ils pensaient de la restauration du diable opérée par Paul VI.

– Oh, le diable, pouffa ironiquement le cardinal.

Et son ironie, comme je le vérifiai sitôt après, ne s'adressait pas seulement à moi qui en demandais.

– Avec tout le respect, s'entend, toute la dévotion filiale que l'on doit au Saint Père, dit le ministre, je me demande, moi si c'était bien le moment de ressortir la question du diable.

Et il me regarda d'un air de défi, pour me faire prendre acte de son absence de préjugés, de son courage face à un cardinal, à trois évêques et à un prêtre connu pour son intelligence, sa doctrine et son pouvoir.

– *C'est* le moment, dit don Gaetano en appuyant sur le premier mot.

Il s'ensuivit me sembla-t-il deviner, une sorte de mouvement de tassement : dans l'esprit des quatre prélats, des deux dévots. Comme quand on dit d'une maison à peine construite qu'elle s'est tassée : et voici qu'y apparaît quelque crevasse. Il y en avait une, à présent, qui poussait ses ramifications dans ces esprits.

– Je ne dis pas que ce ne soit pas le moment, dit le cardinal. Je veux dire, eh bien, la manière... Je ne sais pas... Peut-être on aurait pu...

Et il se tut, laissant astucieusement les autres se lancer à l'escalade de quelque sommet accessible, à la cime duquel ils seraient frappés par les foudres doctrinaires de don Gaetano. Mais non moins astucieusement les trois évêques et les deux dévots se gardèrent d'alimenter la discussion théologique (et me laissèrent sur ma faim); ils se mirent à parler du discours de Paul VI sur le diable comme d'un fait purement bureaucratique, d'une circulaire ministérielle; et du pape comme d'un ministre dont les décrets, plus ou moins maladroits, plus ou moins obscurs, sont ensuite l'affaire des directeurs généraux : et il en est qui sont dévoués au ministre mais incapables, de capables mais non dévoués, de capables et dévoués, et d'autres qui ne sont ni dévoués ni capables.

– Et la santé, la santé du pape? s'enquit l'industriel.

– Les papes, dit don Gaetano, sont toujours en bonne santé. On peut même dire, non seulement qu'ils meurent en bonne santé, mais qu'ils en meurent. Je parle, s'entend, de santé mentale, dit-il en se tournant vers l'industriel, car c'est à elle, sans malice, je n'en doute pas, que votre question faisait allusion... Les autres maux, les autres infirmités, cela ne compte pas.

– Vrai, dis-je, cela ne s'est jamais produit, le cas d'un pape qui à cause de son âge, de l'artériosclérose, se soit mis à déraisonner. Je veux dire, cela ne s'est jamais su.

– Cela ne s'est jamais produit, précisément, dit le cardinal.

– Cela ne s'est jamais su, répétai-je.

– Les choses qui ne se savent pas n'existent pas, dit don Gaetano.

– Je dirais, répondis-je, que certaines choses peuvent ne pas se savoir, mais existent.

– Oui, d'accord. Mais n'oubliez pas que nous parlons de l'Eglise, du pape, dit don Gaetano. Une force sans force, un pouvoir sans pouvoir, une réalité sans réalité. Ces choses qui partout ailleurs dans le monde ne seraient qu'apparences propres à voiler, ou mystifier, sont dans l'Eglise et chez ceux qui la représentent les interprétations ou manifestations visibles de l'invisible. C'est-à-dire tout... N'empêche, si nous le voulions, nous pourrions nous amuser aussi à faire la chasse aux bizarreries de tel ou tel pape, qu'elles viennent de son tempérament ou de la sénilité... Chez Pie II par exemple, si on examine de près ses exquis *Commentaires*... En même temps la bizarrerie qu'il y a, en tant que pape, à écrire l'histoire de sa vie : disposition plus propre à un aventurier qu'à un pape...

Cardinal et évêques se raidirent, nièrent : mais il s'avéra qu'ils n'avaient pas lu les *Commentaires*, alors que don Gaetano était en mesure de citer de mémoire tous les passages qui pouvaient lui servir.

– Je dirais, poursuivit-il, qu'à partir d'un certain point, celui où il commence à dicter les *Commentaires,* Pie II ne parvient pas à contenir la satisfaction que lui procure son accession au pontificat, cette accession dans laquelle son esprit avait joué une part plus grande que le Saint-Esprit. L'envie irrésistible de proclamer : regardez-moi, qui suis ici sur le seuil de saint Pierre; je suis le vieil Enea Sivio, celui de l'*Histoire des deux amants*; j'ai eu la place, et je vous ai eus... Un héros stendhalien *avant la lettre*[1]... Et pour tranquilliser le cardinal, qui dans son embarras tentait déjà de le rappeler à l'ordre par de petits toussotements rageurs :

– Mais il a été un grand pape, Eminence : un très grand pape et un saint. Et puis, il est mort il y a plus de cinq siècles... Tenez, j'ai une idée : puisqu'il est mort dans la nuit du 14 au 15 août 1464, je parlerai de Pie II aux participants, à la fin de la seconde fournée d'exercices, qui tombe juste à cette occasion.

– Très bonne idée, dit le cardinal – mais sans chaleur.

– Excellente, bredouilla le ministre en mâchant, la bouche pleine, et montrant son assiette

1. En français dans le texte.

de sa fourchette, qu'il agitait comme un goupillon : il voulait parler de la pintade farcie, qui était remarquable en vérité. Et je m'aperçois ici que pour rapporter les conversations qui se déroulaient, j'ai négligé de décrire la grande animation de la salle à manger et la manière dont se passait la collation (car c'est ainsi qu'étaient nommés, indifféremment, le repas de midi et celui du soir). Le menu, un dépliant imprimé sur papier fort, avec le diable qui tente le saint reproduit au trait sur la première page, était particulièrement riche : et voilà qu'il se matérialisait sous nos yeux, remarquable comme je l'ai dit, non seulement en quantité mais en qualité. Du coup, tout était changé à l'hôtel de Zafer : le réfectoire était bondé, un cuisinier donnait le meilleur de lui-même, le service était rapide et précis. S'en acquittaient, outre une dizaine de garçons de restaurant, une équipe de jeunes filles que leur appartenance à je ne sais quel tiers ordre ne privait ni d'une certaine effronterie ni de coquetterie. Autres détails : sur chaque table éclatait un bouquet aux arrangements de couleurs vives; les cinq dames avaient disparu; ce fut le cardinal qui bénit les tables. Et à ce propos je pourrais dire que je me sentis comme un chien dans une église, mais par amour pour mes opinions je dis comme un homme dans un chenil, quand tout le monde se mit debout, se signa, dit la prière, se resigna. Je dois pourtant avouer que je ne réussis pas, comme je me le proposais, à rester assis quand tout le monde se levait.

En sortant du réfectoire, j'accrochai le prêtre chevelu, celui qui lisait *Linus*, pour lui demander où étaient passées les cinq femmes.

– Mais voyons! Elles restent dans leur chambre, me répondit-il quelque peu obscurément, et presque en se sauvant.

Dans l'après-midi, le cardinal ouvrit la première séance d'exercices. Il parla pendant plus d'une heure. Je le suivis distraitement, mais moins distraitement que les siens. Il dénonça la *Bible*, particulièrement l'*Exode*, argumenta sur le mouvement théologique, nouveau je crois, de l'espérance. A ce que je parvins à comprendre, ce mouvement appelait espérance le désespoir. Pas une référence aux *Evangiles*; et deux ou trois fois seulement le nom du Christ.

Quand le cardinal retourna le dernier des feuillets qu'il n'avait cessé de lire, le discret soupir de soulagement de chacun se fondit en un tout qui ressemblait au souffle d'un aérostat qui se dégonfle. Il y eut, à la fin du discours, des applaudissements. Le cardinal fit un geste pour les faire taire; et quand ils se furent tus, don Gaetano prescrivit que chacun se retirât dans sa chambre pendant une heure afin de méditer sur le discours de Son Eminence. Je perçus dans le troupeau qui sortait une intention bien différente. Il était question de livres à lire, de rapports à faire, de courrier à expédier, de coups de téléphone qu'on attendait. Me montrant un type à l'air ascétique, petit, avec de grosses lunettes, un de ceux qu'en sortant j'avais vus à côté de moi me dit :

– Celui-là, il sait quoi faire dans sa chambre.

Je demandai qui il était, et ce qu'il avait à faire dans sa chambre.

– Mais comment, tu ne le connais pas? C'est...

Il dit un nom que je connaissais.

– C'est ça, il me semblait bien... Et qu'est-ce qu'il a à faire?

Il fit voler sa main en l'air pour exprimer des choses merveilleuses, des choses de l'autre monde, tandis que sur son visage se peignaient la malignité d'un jouisseur, la gloutonnerie, l'envie. Et s'éloigna de moi, soudain méfiant.

Sur l'esplanade, ils n'étaient que deux, qui discutaient avec animation. Ils parlaient routes, adjudications. C'est ainsi que les surprit don Gaetano, qui était sorti derrière moi. Il pointa sur eux l'index et d'une voix vibrante :

– Mon cher Maître, Monsieur le Député! Vous m'étonnez : encore ici, à parler de vos misères, de nos misères! Allez dans votre chambre méditer les paroles de Son Eminence!

Comme des gosses surpris à chaparder dans le garde-manger, les deux hommes se séparèrent; et l'un derrière l'autre se faufilèrent dans l'hôtel. Don Gaetano sourit et vint à moi.

– Je parie que vous méditerez, vous, plus qu'aucun d'eux, sur le discours de son Eminence.

– Ne me faites pas tant crédit, lui dis-je. Je suis en train de méditer, certes, mais sur une allusion, méchante je crois, que j'ai cueillie tout à l'heure en sortant de la chapelle. Un type, en me le montrant... – et je dis le nom de l'homme qu'on m'avait montré – m'a dit : celui-là, sûr qu'il sait quoi faire, dans sa chambre; ou quelque chose du même genre. Je me demandais à quoi précisément il voulait faire allusion.

– A une femme, naturellement.

– A une femme qu'il a dans sa chambre?

– Pas précisément : la femme a sa propre chambre.

– J'ai compris : c'est une des cinq.

– Oui, une des cinq. Et elles sont toutes les cinq ici pour le même motif. Mais pas pour le même homme, s'entend.

– Et vous permettez...

– Mon ami, je permets tout. J'admets et permets.

– Mais, dis-je, les exercices spirituels...

– J'ai l'impression que vous y croyez plus que moi : c'est-à-dire que vous les prenez à la lettre ou dans leur sens original, ignacien... Et du reste je crois que le laïcisme, celui par rapport auquel vous vous dites laïques, n'est que l'envers d'un excès de respect pour l'Eglise, pour nous autres prêtres. Vous appliquez à l'Eglise, à nous-mêmes, une espèce d'aspiration perfectionniste : mais tout en restant commodément au-dehors. Nous ne pouvons vous répondre qu'en vous invitant à entrer et à essayer, avec nous, d'être imparfait... Quoi qu'il en soit, je veux bien me placer à votre point de vue, c'est-à-dire de ces exercices spirituels conçus comme macération... Eh bien : ces cinq malheureux ont femme, enfants, électeurs, adversaires, amis et ennemis qui les font chanter, amis et ennemis qui contrôlent leurs allées et venues et leur téléphone... Ils ont pris une maîtresse, comme de coutume. Et toute l'année ils rêvent de cette semaine ici, de ces exercices : et ils finissent par les faire pour de bon... Ils envoient d'abord leurs maîtresses; en me les recommandant, bien entendu, car je ne les accepterais pas sans leur recommandation, comme des personnes qui ont les nerfs en capilotade, qui cherchent la sérénité et le repos après leurs vicissitudes familiales, leurs mésaventures, dans un milieu qui leur offre le réconfort de la religion. Je fais semblant de ne pas comprendre, de ne pas savoir : et je les accepte. Parce que je sais bien que leur rêve d'une semaine d'amour se résoudra en une semaine d'enfer... Le crétin que vous avez entendu imagine des délices et des délires érotiques. Et au contraire, vous savez ce qu'ils font, ces cinq adultères, ces cinq pécheurs? Ils se disputent. Et ils se disputent sans motif, ou pour quelque motif futile, par une sorte d'auto-punition. Précisément parce qu'ils se sentent adultères, qu'ils se sentent pécheurs... Si vous allez écouter à leur porte (il y en a des tas qui sont en train de le faire en ce moment) vous les entendrez se disputer : plus que ne le fera un couple légitime quelconque, avec plus de fureur, avec une cruauté bien pire... Croyez-moi : le meilleur moyen de faire l'amour, c'est celui immédiat, fugitif, qu'offrent les prostituées...

– Mais vous, comme cela...

– C'est une chose tellement simple, de faire l'amour... Et puis c'est ça, l'amour : il n'y en a pas d'autre, entre un homme et une femme... C'est comme d'avoir soif et de boire. Il n'y a rien de plus simple que d'avoir soif et de boire; que la satisfaction de boire et d'aboir bu; de n'avoir plus soif. Tout ce qu'il y a de simple. Mais songez, si l'homme avait accordé à l'eau, à la soif, à la boisson (par l'effet d'un ordre différent de la création et de l'évolution), tout le sentiment, la pensée, les rites, les légitimations et les interdits qu'il a accordés à l'amour : il n'y aurait rien de plus extraordinaire, de plus prodigieux que de boire quand on a soif... Et quant aux prostituées : demandez-vous si les meilleures lampées que nous avons prises de notre vie, ce n'est pas à une fontaine au coin de la rue, à un puits sur le bord d'une route de campagne...

– Elle n'est pas neuve, celle de la soif et du boire.

– Une révolutionnaire russe; mais Lénine, rappelez-vous, pose la question du verre : qu'il refusait de boire dans le verre où quelqu'un d'autre avait bu. Plutôt réactionnaire, vous ne trouvez pas?

– Puritain, je dirais puritain. Tous les révolutionnaires sont puritains.

– Oui, s'il avait dit : moi, je bois toujours dans le même verre...

– D'accord. Mais vous ne trouvez pas que vous êtes beaucoup plus réactionnaire en postulant l'existence de la prostituée?

– Mais je suis aussi réactionnaire que révolutionnaire, moi.

– Et vous ne soulevez pas la question du verre.

Cela non sans quelque malice.

– Halte-là. Ne tombez pas dans la grossièreté : cherchez à vous libérer de cette littérature malveillante et vulgaire sur les prêtres qui colle à tous les Italiens, même à ceux qui pratiquent la religion. Soyez plus subtil et plus sérieux... Je puis vous dire de moi ce qu'un chroniqueur du

Moyen Age disait d'Henri VII : « Il était chaste de sa personne, et la chasteté avait dû le pourrir au-dedans. » C'est la chasteté qui me porte à simplifier ce qu'on a coutume d'appeler amour. Et vous, c'est l'absence de chasteté qui vous porte à la compliquer. Certes, je le reconnais, la chasteté est effrayante : mais seulement les premiers temps qu'on la choisit et qu'on l'affronte... Ensuite, il se passe quelque chose de semblable, et là vous pouvez me comprendre, à ce qui se passe dans l'art, pour qui le crée : les limites et les barrières. De la même façon, la chasteté est la forme la plus sublime à laquelle précisément l'amour puisse accéder : une façon de transformer la vie en art.

– Moi je ne puis vivre, dis-je, sans aimer une femme : et avec toutes les complications possibles. Pas toujours la même femme, s'entend. Une femme disparaît de ma vie, il en paraît une autre. Et parfois la seconde paraît avant que la première ait disparu.

– Et je parie que c'est toujours la même. Je veux dire par son caractère, sinon tout bonnement par son physique aussi.

– Peut-être bien que vous gagneriez le pari, dis-je.

– Vous voyez? Vous êtes atteint d'un mal plutôt commun, plutôt banal... On cesse d'être enfant avec la puberté, mais la plupart trouvent moyen de continuer à l'être dans le domaine de l'activité érotique à quoi fait accéder la puberté... Je m'explique : la chose la plus sérieuse qu'aient découverte les spécialistes de la psychologie infantile, parmi tant qui ne le sont pas, est celle qu'on appelle loi de la répétition du semblable, ou de l'identique, je ne me rappelle pas très bien. Elle était si facile à découvrir, d'ailleurs !... Un gosse demande qu'on lui redise le même conte, il préfère le même joujou, il répète le même jeu : jusqu'à ce qu'il cesse d'être un enfant. Le donjuanisme n'est que la prolongation de cette loi au-delà de la puberté : dans la jeunesse, dans la vieillesse. Et je passe exprès de la jeunesse à la vieillesse en sautant le stade de la maturité parce que la maturité, chez les hommes affligés d'un mal semblable, n'existe pas. Le donjuanisme, c'est le prolongement de l'immaturité : jusqu'au retour en enfance, cette juste pré-conclusion, et à la mort... Prenez-y garde : tous les don Juan finissent par retomber en enfance.

– Je me tuerai un peu avant. J'avoue être effectivement atteint de donjuanisme.

– Vous l'êtes. Et vous ne vous tuerez pas un peu avant : par le simple fait que vous n'arriverez pas à voir la ligne de démarcation, la frontière.

– Vous n'avez pas l'impression que vous êtes en train d'utiliser contre moi, en ce moment, les bonnes vieilles armes de la sexophobie catholique? Avec cette variante qu'au lieu de l'enfer vous me promettez le retour en enfance?

– Vous vous trompez grossièrement : il n'y a jamais eu de sexophobie catholique. Dans le passé, on n'a jamais fait qu'enrichir et raffiner. Est-ce que par hasard aujourd'hui, dans la permissivité, on peut entrevoir une amorce de sexophobie?... Et quant à promettre, c'est-à-dire à menacer, je ne vous menace de rien. Je ne fais que constater. Vous pouvez faire la même constatation, pour peu que vous regardiez autour de vous. Des hommes qui ont couru après des femmes, successivement ou par deux et trois à la fois, vous en avez connu, je pense : essayez de vous rappeler les dernières années de leur vie.

Et il me laissa à cette désolante *recherche*.

Une heure plus tard, ponctuellement, les hôtes se remirent à pulluler sur l'esplanade. Ils avaient médité, et ça se voyait. Ils étaient en proie au désir anxieux de se communiquer les résultats de cette méditation : propositions chiffrées et chiffres proposés, anecdotes piquantes aux dépens d'amis-ennemis et d'ennemis-amis, flatteries, jugements condescendants; et quelques plaisanteries obscènes ayant déjà pas mal servi. La plupart se parlaient à l'oreille deux à deux : et j'en vins à penser au *nunquam duo*, jamais à deux, qui est de règle dans les séminaires et devrait l'être dans toute réunion de catholiques. Il était facile d'imaginer que les deux qui se parlaient près de moi complotaient quelque chose contre ces deux autres qui se tenaient dans le coin opposé, et *vice versa*; et ainsi de chaque couple contre tel autre couple éloigné : à tel point que l'esplanade devenait comme un métier à tisser sur lequel se tendait une trame serrée de tromperies, de trahisons; et les navettes qui passaient d'une main à l'autre.

J'allais de couple en couple, de groupe en groupe, cueillant des paroles, des fragments de phrases, des phrases entières : chuchotées, parfois suspendues et hésitantes, parfois fermes. Dans l'ensemble, on aurait dit que tout le monde parlait de la collation consommée à midi et de celle qui serait absorbée dans une paire d'heures : de l'inappétence de quelqu'un et de la faim du plus grand nombre. Celui-là mange, il veut, il ne peut pas, il faut le faire manger, il devrait cesser de manger tant, manger a ses limites; et ainsi de suite. Je me rendis compte que c'était une façon de parler au figuré, et je poussai la chose jusqu'à les voir tous pêle-mêle gesticulant dans un éboulement de nourritures en décomposition.

Je m'éloignai en direction du bois. Et rentrai à l'hôtel qu'ils étaient déjà tous à table.

Don Gaetano m'appela d'un geste à ma place

habituelle. Le cardinal et les évêques n'étaient plus là. A leur place siégeaient d'autres personnages que don Gaetano me présenta. Ni le nom ni la charge de chacun ne m'étaient inconnus. Je formai le dessein de repartir le lendemain.

Si divers que fussent les sujets sur lesquels porta la conversation, je n'y pris aucune part. Je ne l'écoutai même pas, si ce n'est dans les moments où don Gaetano intervenait. Et c'étaient toujours des interventions affilées et rapides : citations qui tombaient avec une froide autorité, calembours, reparties. Pour une large part à mon bénéfice, car montrant toujours des yeux sans regard, lointains ou vagues, lui au contraire me regardait attentivement et déchiffrait la raison de mon silence. Il m'offrait pour cela sa solidarité dans le mépris; comme s'il m'avait dit : je comprends que vous ne puissiez pas les souffrir, mais regardez comme je les traite. Pour ma part, cependant, je lui en voulais à lui aussi.

Finie la collation, et au fur et à mesure que les commensaux sortaient à l'air libre, je les vis tous aller se regrouper autour de don Gaetano : non point au hasard, mais suivant un schéma de rassemblement établi, prescrit. Et ma mauvaise humeur céda le pas à la curiosité.

Ils formaient un cercle. A un certain point, peut-être lorsqu'ils estimèrent qu'ils étaient tous présents, le cercle se décomposa et prit la forme d'un carré. Don Gaetano, qui était resté au centre du cercle, se trouva au milieu de la première rangée du carré. Ainsi disposés, ils restèrent un moment immobiles en silence : puis la voix de don Gaetano s'éleva :

– Au nom du Père, du Fils et du Saint-Esprit. Amen.

Et le carré se mit en mouvement. L'esplanade, je l'ai dit, était vaste; et le fait que les lumières qui s'y étaient trouvées fussent toutes éteintes la rendait plus vaste encore. Le carré marcha de la porte de l'hôtel vers le bord opposé. Arrivé là, il me sembla former une espèce de caillot confus et avoir peine à se recomposer, tandis que les participants récitaient en chœur le Notre Père. Recomposé, le carré revint vers l'hôtel avec l'Ave Maria; et dans la lumière qui provenait de la porte et de la fenêtre du rez-de-chaussée, je vis qu'au premier rang, avec don Gaetano toujours au milieu, ne se trouvaient plus les mêmes personnes que peu de temps auparavant. Et je me rendis compte que le mouvement était en effet plus ordonné qu'il ne m'avait paru l'être de loin : s'arrêtant un peu avant le demi-tour, don Gaetano laissait le carré s'ouvrir devant lui et poursuivre sa marche en se réunissant, jusqu'à se retrouver, à l'instant du demi-tour, au centre de la dernière file, qui devenait la première. Il y en avait, certes, qui se trompaient : mais la récitation du Rosaire se poursuivait au même rythme.

Quelqu'un vint s'asseoir à côté de moi. Je n'y fis pas attention; mais quand je l'entendis rire et ricaner ouvertement, je me tournai pour le regarder. Il était en manches de chemise, une serviette au cou, une autre à la main qu'il se passait sur la tête et sur le visage. Il me dit :

– Je viens ici chaque été, bien que je sois mal payé, pour ne pas perdre une miette de ce spectacle. Regardez-les...

Il eut un bref éclat de rire, un ricanement; puis rapidement, comme au cinéma quand on ne veut pas perdre le fil de l'action, l'entrée d'un personnage :

– Je suis le cuisinier,

et il se plongea dans le spectacle, en poussant de temps en temps un gloussement de plaisir.

Et il y avait de quoi. Ces allées et venues sur l'esplanade presque entièrement dans le noir, non pas au rythme d'une promenade tranquille mais d'un pas vif, précisément comme quelqu'un qui a peur dans le noir et se hâte de regagner la zone éclairée (qui était celle de l'entrée de l'hôtel : et là en effet, leur pas se faisait plus lent, jusqu'à s'y attarder avant d'affronter de nouveau le chemin vers la partie la plus obscure); leurs voix qui s'élevaient dans le Notre Père, l'Ave Maria, dans le Gloria avec un je-ne-sais-quoi de terrifié et d'hystérique; la voix de don Gaetano, qui succédait à la leur, distante et froide : et des expressions comme « mystérieux message », « mystère du salut », « antique serpent », « épée qui transperce l'âme » étaient pétries par cette voix d'un sens tout à fait physique, non plus métaphores mais événements en train de se réaliser, qui se réalisaient en cet endroit aux confins du monde, aux confins de l'enfer, qu'était l'hôtel de Zafer. Et à ce moment-là, même celui qui comme moi et comme le cuisinier les voyait dans cette mystification abjecte et grotesque découvrait qu'il y avait quelque chose de vrai, de la vraie peur, de la vraie peine, dans cette façon d'aller et venir dans le noir en disant des prières : quelque chose qui véritablement atteignait à l'exercice spirituel : comme s'ils étaient, et se sentaient, désespérés, dans le chaos d'une des fosses de l'enfer, au bord de la métamorphose. Et il n'était pas difficile de penser à la fosse des voleurs de Dante.

– Elle vous a plu, la scène du Rosaire? me demanda le lendemain don Gaetano.

– Enormément.

– Je savais qu'elle vous plairait.

– Dommage qu'on n'ait été que deux à en jouir : le cuisinier et moi...

– Ah, le cuisinier... Oui, c'est un *aficionado,* je le

sais. Un homme intelligent, et ça se voit à la façon dont il cuisine : mais un anticlérical enragé, à l'ancienne mode. Je ne crois pas qu'il soit communiste; républicain peut-être, ou socialiste... Mais vous vous trompez si vous croyez n'avoir été que deux à en profiter : je m'amusais bien moi aussi.

– Vous me permettez une question?

– Je vous en prie.

– Quel prêtre êtes-vous?

– Un prêtre comme tous les autres prêtres.

– Non, à proprement parler, je ne pense pas.

– Vous, vous en connaissez beaucoup, de prêtres?

– J'en ai connu. Enfant, jeune homme. Dans un petit village. Deux ou trois bons, neuf ou dix mauvais. Les bons, c'étaient ceux qui ne fourraient pas leur nez dans les affaires des autres; ils y allaient doucement en matière de tarifs pour les mariages, les enterrements et les baptêmes; ils faisaient des embellissements dans leur église, c'est-à-dire des dégâts; ils ne donnaient pas lieu à médisance. Les mauvais, c'étaient les avides, les avares; qui laissaient leur église tomber en miettes; qui en confession excitaient les femmes contre leur mari; qui avaient autour d'eux des ursulines, des enfants de Marie et des bigotes cousues d'argent. Mais tant les bons que les mauvais, ignares, à cent pour cent.

– Je comprends votre problème : vous ne

savez s'il faut me mettre parmi les bons ou les mauvais... Eh bien, je suis tout ce qu'il y a de mauvais.

– Non, ce n'est pas cela, mon problème.

– Mais si, c'est cela... Et vous l'auriez déjà résolu en me mettant parmi les méchants, s'il n'y avait cette petite difficulté, que je ne suis pas ignorant... *J'ai lu tous les livres*[1]... Mais je puis l'ôter, cette difficulté : je suis un mauvais prêtre qui, à la différence de ces autres que vous avez connus autrefois, a lu beaucoup de livres... J'ai même envie de vous offrir un petit paradoxe pour vous expliquer pourquoi je me classe parmi les mauvais prêtres, non par modestie, mais par conviction : les bons prêtres, ce sont les mauvais. La survivance, le triomphe de l'Eglise à travers les siècles, c'est plus aux mauvais qu'aux bons qu'on le doit. C'est derrière l'image de l'imperfection que vit l'idée de la perfection : le prêtre qui contrevient à la sainteté ou, dans sa façon de vivre, la détruit carrément, en fait, il la confirme, il l'exalte, il la sert... Mais c'est là une vérité des plus banales : je pourrais la rendre plus subtile ou compliquée.

– Le plus grand pape, donc, a été Alexandre VI.

– Encore une banalité : le genre de réplique, excusez-moi, auquel je pourrais m'attendre de la

1. En français dans le texte.

part du cuisinier. Mais je veux vous suivre sur votre propre terrain : Alexandre VI, *malgré lui*[1], a été un grand pape. Si on me demandait de choisir entre Pie X et Alexandre VI...

– Vous choisiriez Alexandre VI.

– Précisément. Mais nous sommes, ne l'oubliez pas, dans la sphère du paradoxe. Si nous en sortons, je puis vous dire aussi que la grandeur de l'Eglise, ce qui chez elle dépasse l'humain, se trouve dans le fait qu'elle incarne une sorte d'historicisme absolu : la nécessité précise et inévitable, l'utilité assurée, de tout événement intérieur par rapport au monde, de tout individu qui la sert et en rend témoignage, de tout élément de sa hiérarchie, de tout changement et de toute succession...

– Vous êtes un fanatique.

– Croyez-vous que je pourrais ne pas l'être, avec cette soutane? A supposer que pour vous, bien entendu, fanatique soit celui qui a des certitudes... Mais mes certitudes, et cela vous ne le savez pas, sont aussi corrosives que vos doutes... Quoi qu'il en soit, nous pouvons revenir au paradoxe, si le paradoxe est la forme de vérité qui vous agrée le plus.

– Non, n'y revenons pas. Et au contraire, sous la forme la plus directe, la plus simple, dites-moi : qu'est-ce que c'est que l'Eglise?

1. En français dans le texte.

– Eh bien voilà : un bon prêtre vous répondrait qu'elle est la communauté convoquée par Dieu; moi, qui suis un mauvais prêtre, je vous dis : c'est un radeau, le radeau de la *Méduse*, si vous voulez, mais un radeau.

– Le tableau de Géricault, je me le rappelle, mais pas clairement ce qui s'est passé sur ce radeau, bien que j'aie lu tout un livre là-dessus il y a pas mal d'années. Quelque chose de terrible : proverbialement... Quelqu'un a été sauvé, sur ce radeau?

– Quinze, sur cent quarante-neuf : trop peut-être... Oh non, je ne dis pas pour le radeau de la *Méduse*; je veux dire, pour celui de l'Eglise. Dix pour cent, c'est un chiffre plutôt élevé.

– Et ces quinze, qu'est-ce qu'ils ont fait pour leur salut?

– Ça ne m'intéresse pas. C'est-à-dire : ça ne m'intéresse pas à partir du moment où le radeau de la *Méduse* est une métaphore, pour moi, de ce qu'est l'Eglise.

– Je préfère périr tout de suite dans le naufrage.

– Mais non, vous êtes en train de nager pour rejoindre le radeau. Parce que le naufrage a déjà eu lieu...

Il eut un sourire presque amusé :

– Vous ne vous en êtes pas aperçu?

Je restai seul. Et en songeant au radeau de la *Méduse*, en cherchant à me rappeler ce qui s'y était passé, je me dirigeai vers ma voiture. Je n'arrivais pas à retrouver ces faits dans ma mémoire; mais j'en ressentais l'horreur éprouvée alors à la lecture. Du cannibalisme, à coup sûr. « Ceci est mon corps, ceci est mon sang. » *Totem et tabou,* ma première rencontre avec Freud : une grande révélation, un éclair éblouissant. Puis on se rend compte que les grandes révélations viennent d'une lumière plus discrète et continue, presque insensiblement... Mais non, je n'étais pas en train de nager pour rejoindre le radeau. Et même, le naufrage n'avait pas encore eu lieu. La vie était encore, pour moi, un vaisseau à la mâture équilibrée et oscillante (comment traduire le « steamer balançant ta mâture » de la poésie de Mallarmé dont don Gaetano avait cité cet hémistiche, « j'ai lu tous les livres »? Et ainsi, me le redisant depuis le début « La chair est triste, hélas! et j'ai lu tous les livres... », je me détournai de l'irritante pensée du naufrage et du radeau).

J'allai en ville. Une fournaise : mais je m'y plongeai avec un certain plaisir; comme pour contredire, en acceptant la chaleur et l'été ardent, don Gaetano et son ermitage-hôtel : cette fraîcheur, ce délice des vents.

Je regagnai l'ermitage au début de l'après-midi, mais pour aller dormir dans le bois. Telle était du moins mon intention. Je finis néanmoins par me retrouver dans la clairière où les dames prenaient le soleil, et cette fois au milieu d'elles. Un après-midi délicieux. Mais je ne poussai pas le jeu trop loin, surtout avec celle qui y consentait le plus (mais elle y consentait parce que je n'avais pas réussi à cacher que c'était elle que je préférais); vu que le lendemain, j'en avais ainsi décidé désormais, je m'en irais. Et je n'y restais une nuit de plus, dans cet horrible hôtel, que parce que je voulais assister encore une fois à la scène du Rosaire. Elle me fascinait moi aussi, exactement comme le cuisinier.

Mais à la chaîne de la causalité, et de la contingence, un nouvel anneau était en train de se souder.

Le dîner se déroula comme d'habitude. Quatre invités nouveaux occupaient la place des quatre qui la veille avaient pris celle du cardinal et des évêques. Je compris que don Gaetano, tout en gardant à sa table le ministre et l'industriel, je ne sais selon quel critère de préséance ou de préférence, renouvelait chaque jour les quatre commensaux. Il me les présenta. Leur nom ne m'était pas inconnu, ni à eux le mien. L'un des quatre était président d'un important organisme d'Etat, il avait dernièrement renoncé à son mandat de sénateur pour assumer cette présidence. Une tête de renard, au visage pointu. Pas du tout pris de court en fait de patristique et de scolastique : et pendant tout le repas, entre lui et don Gaetano, ce fut un feu nourri de citations, comme une partie de ping-pong. A la fin, j'étais plutôt intéressé par Origène, par Irénée et par le faux Denys, mais en un sens absolument hétérodoxe. A la Borges, si vous voyez ce que je veux dire.

A la fin, comme le soir précédent, nous essaimâmes tous sur l'esplanade. J'allai m'asseoir à côté du cuisinier, qui était déjà à son poste.

– Vous y avez pris goût, vous aussi, me dit-il en manière de salut.

– Eh oui, c'est un spectacle extraordinaire.

– Impayable : je vous le dis, moi qui paie un peu. Et un de ces jours, je paierai tout le prix j'attraperai une pneumonie, c'est moi qui vous le dis.

Il s'essuya méticuleusement avec la serviette qu'il avait à la main : visage, nuque, tête, oreilles.

– Vous ne savez pas quel enfer c'est dans les cuisines : et moi qui sors par ce petit vent sans prendre les précautions qui s'imposent, à cause de tout ce que j'ai à faire là-dedans et de ma hâte à ne pas rater ce spectacle, là-dehors... Mais ça fait plaisir, sacré nom de Dieu, ça fait bougrement plaisir de voir tous ces enfants de putain aller et venir en récitant le Rosaire...

– L'Eglise, dis-je, donne des satisfactions même à ceux qui ne croient pas.

– C'est possible. Mais l'Eglise, moi je m'en fous.

– Mais par quel hasard avez-vous quoi que ce soit à faire avec cet hôtel de curés?

– Le hasard. Enfin – la tromperie d'un copain. Il m'a dit : je ne me sens pas bien, va me remplacer deux trois jours. Au lieu de ça, il s'était trouvé un autre boulot, mieux payé. Quand j'ai su ça, j'ai voulu tout plaquer. Mais don Gaetano... Et puis il y avait ce spectacle... Mais je l'ai dit à don Gaetano : un de ces quatre matins, je vais flanquer un kilo de strychnine dans les spaghetti et on verra ce qu'on verra.

– Et don Gaetano?

– Vous savez ce qu'il m'a répondu, ce fils de putain numéro un? dit-il non sans admiration ni dévotion. Il m'a répondu : mon fils, ce jour-là préviens-moi que je saute les spaghetti... Vous voyez quel type?... Ah mais, ça commence...

Et il se cala sur son siège.

Ça commençait, en effet. Le carré s'ébranla, tandis que s'élevait la voix de don Gaetano :

– Au nom du Père, du Fils et du Saint-Esprit. Amen.

– Un ange envoyé par le Père...

– Notre Père qui es aux cieux...

– Ave Maria...

– Gloire au Père...

– Le Père, de toute éternité...

– Le Père après le péché...

– Notre Père...
– Ave Maria...
– Gloire au Père...
– Salve, o Regina...

Tantôt par la voix de don Gaetano, tantôt par celle du chœur, les prières s'élevaient dans l'obscurité de la nuit : et tout cela, les voix, le sens des mots, cette marche absurde d'animaux en cage, cette façon de marquer le pas et de s'attarder dans la faible lumière et cette course plus rapide et apeurée vers les ténèbres, tout semblait faire partie d'une évocation, d'un sortilège : mais avec cette pointe de mystification et de grotesque qu'il y a dans les séances de spiritisme pour celui qui n'y croit pas.

– Sainte Marie.
– Sainte Mère de Dieu.
– Sainte Vierge des vierges.
– Mère du Christ.
– Mère de Grâce Divine.
– Mère très pure...

Le souvenir des paroles latines d'autrefois m'affleurait à la mémoire, mais telles que les prononçaient les femmes, l'hiver au coin du feu, l'été dans la cour, qui se réunissaient pour dire le Rosaire, à l'époque de mon enfance. Et ce souvenir ajoutait le grotesque au grotesque, surtout au souvenir de la « turris eburnea » – la « tour d'ivoire » – qui devenait « burrea » – de beurre :

comme la promesse, pour le Paradis, de pain beurré, à moi qui enfant l'adorais.

– Tour d'ivoire.

– Maison d'or.

– Arche d'alliance.

– Porte du ciel.

Et don Gaetano avait à peine fini de le dire, comme allait s'élever le chœur des « Priez pour nous », qu'on entendit comme un bruit de bouchon qui saute.

Le carré se trouvait tout au bord de l'esplanade, du côté le plus éloigné de l'entrée de l'hôtel et de l'endroit où nous étions assis, le cuisinier et moi. Il venait à peine de se reformer au moment du demi-tour : et voilà qu'entre le « Porte du ciel » et le « Priez pour nous » cette détonation l'arrêta et le tint un instant en suspens; et aussitôt après le décomposa, le centrifugea.

Resta sans bouger, là où il était, don Gaetano. Et derrière lui, à dix ou quinze mètres, une tache claire, une masse plutôt qu'une tache.

Il me fallut une trentaine de secondes, je crois, pour que cette masse prît la forme d'un homme tombé à terre; et autant pour que don Gaetano, qui était resté immobile comme une statue à regarder vers l'hôtel, se retournât et se dirigeât vers le corps. Je le vis se pencher et le remuer. Le cuisinier et moi, simultanément, nous levâmes et courûmes vers l'endroit. Nous y arrivions que don Gaetano, un genou à terre, la main droite suspendue en l'air, disait déjà :

– *Ego te absolvo in nomine Patris, Filii et Spiritus Sancti.*

Il nous regarda, se releva.

– Il est mort, dit-il.

C'était l'ex-sénateur, président de cet important organisme d'Etat, qui durant le dîner avait joué aux citations avec don Gaetano. Dans la mort, son visage avait perdu son air de renard et pris un je-ne-sais-quoi de fragile, comme moulé dans une matière friable, et de douloureusement pensif. Je le regardai bien, à la lueur vacillante de mon briquet. Puis je regardai don Gaetano et le cuisinier. Impassible, ce salaud de curé. Le cuisinier, lui, transpirait pis que devant ses fourneaux.

Tout le monde, après s'être enfui, à présent revenait. Et dans ce mouvement qui convergeait vers nous, il y avait de l'impatience et de la circonspection, la curiosité de savoir et de voir et la peur de ce qu'on verrait et apprendrait. On se demandait, et en se rapprochant, nous demandait :

– Qui est-ce? Mais que s'est-il passé? Mais comment? On a tiré sur lui? Qui a tiré?

Fiévreusement. Jusqu'à former, tout autour de nous et du mort, un cercle compact. J'en sortis en jouant des coudes, suivi du cuisinier.

Don Gaetano dit :

– Il faut appeler la police.

Et en recommandant de ne pas toucher le corps, sortit du cercle lui aussi et se dirigea vers l'hôtel d'un pas allongé et ferme.

Nous regagnâmes nos chaises. Etrangement, j'étais revenu à mon état d'esprit de spectateur : comme si je m'étais rendu compte que le crime était un incident soudain, du genre *happening*, destiné à donner une allure plus mouvementée, plus en accord avec l'époque, à cette incroyable récitation du Rosaire. Mais le cuisinier était très inquiet.

– Heureusement, me dit-il d'une voix tremblante, que j'étais assis avec vous.

– Pourquoi? Vous croyez qu'on vous soupçonnerait?

– On ne sait jamais... Il faudra bien qu'on trouve quelqu'un à soupçonner : et ce n'est pas parmi ceux-là qu'on le cherchera... Vous pensez qu'on pourrait les soupçonner d'avoir tué un de leurs frères, et pendant qu'ils récitaient le saint Rosaire, par-dessus le marché?

– Mais ça n'a pu être que l'un d'eux.

– Ça c'est vous qui le dites, et c'est moi qui le dis; mais la police ne commencera à penser à l'un d'eux qu'après avoir bien établi que ni les garçons, ni les plongeurs, ni les paysans du coin, ni vous ni moi n'avions la moindre raison de nous débarrasser de ce brave homme... Je dis :

bien établi, et vous verrez comment... Mais peut-être que pour vous ils auront des égards.

– Peut-être aussi parce que, dis-je en plaisantant, je n'ai jamais exprimé l'intention d'empoisonner personne.

– Ne me faites pas penser à ça; parce que vous, vous plaisantez, mais la police, si pareille chose parvient à ses oreilles, elle ne me lâche plus. Je la connais, moi; oh, si je la connais...

– Vous avez eu affaire à elle?

– Oui, mais pas pour une chose que j'avais faite : pour une chose qu'on m'avait faite. Un vol. Le vol de mon portefeuille, par un inconnu que j'avais pris en voiture, sur la route. J'ai porté plainte. Et vous savez ce qu'ils ont pensé?

– Que vous aviez simulé le crime.

– Exactement. Ils m'ont pressuré toute une demi-journée : marié, oui; relation hors mariage, non; le jeu, jamais joué; pas même à la loterie; des dettes, pas même une lire; combien j'avais dans le portefeuille, quelque chose comme cent mille lires; exactement, je ne sais pas; impossible, tout ce qu'il y a de possible... J'ai insisté et insisté sur ce point tant qu'à la fin, exaspéré, j'ai demandé à l'adjudant : dites-moi, vous, combien vous avez dans votre portefeuille, exactement? Il y a réfléchi un moment, car il ne s'y attendait pas, puis sans hésitation m'a répondu : trente-sept mille cinq cents. Et moi, naïf : faites voir. Et tout s'est écroulé. Alors ils ont appelé ma femme, et lui ont mis dans la tête que j'entretenais une autre femme. Bref, je me suis trouvé dans un drôle de pétrin. Parce qu'on m'avait volé. Vous voyez d'ici, s'ils entendent parler de cette phrase que j'ai dite... Mais don Gaetano me connaît, il n'en parlera pas; et si quelqu'un va le leur souffler, je suis sûr qu'il me défendra.

– Mais bien entendu, dis-je.

Je me repentais d'avoir plaisanté.

Don Gaetano sortit de nouveau. Il s'arrêta sur le seuil, frappa dans ses mains pour appeler l'attention, et dit d'une voix forte :

– Tout le monde ici.

Lentement, tout le monde s'approcha. Don Gaetano dit :

– La police va arriver... On m'a recommandé de ne pas remuer le cadavre et de nous tenir le plus loin de lui possible. Et que personne ne quitte l'hôtel, naturellement, ni n'aille se coucher : parce que celui-là, ils le feraient redescendre... Donc asseyez-vous tous de ce côté-ci, et cherchez à vous rappeler ce que vous avez vu ou entendu au moment du coup de feu ou juste avant. Plus vos réponses seront claires et brèves, plus vite on sera débarrassés.

De nouveau il frappa dans ses mains, mais vers l'intérieur, où les garçons se tenaient serrés les uns contre les autres :

– Apportez un drap pour couvrir le mort; et allumez toutes les lumières.

La lumière vint en trois vagues : en un crescendo aveuglant. Sur le bord de l'esplanade, de mon point de vue, le mort apparut, en raccourci, encore plus mort. Mais quelques instant plus tard, deux serveurs firent tomber comme de la neige un drap sur lui. La nuit se peupla de ballets serrés de moucherons et de geckos qui filaient sur les murs en direction des lampes à présent allumées. J'en eus comme la révélation d'une horreur jusqu'alors invisible. Même le silence qui se répandit me parut être de la qualité de celui où se déplaçaient les geckos. J'ai toujours eu de la répulsion pour ces bestioles : et ceux qui soutiennent qu'elles sont utiles dans l'ordre de la nature, pour autant qu'elles se nourrissent d'insectes nuisibles aux plantes, devront admettre que le désordre est à reconnaître sinon dans l'existence des geckos, du moins dans celle des moucherons : et qu'un ordre meilleur serait qu'il n'y eût ni moucherons nuisibles ni geckos pour les dévorer.

A un certain moment, la voix du ministre s'éleva, un peu tremblotante en contraste avec la signification arrogante de ses paroles :

– Don Gaetano, vous avez dit à la police qui nous sommes ici?

– Qui, nous? dit don Gaetano d'une voix ferme et froide.

– Mais nous... Nous tous, en somme... Moi, les amis...

Le ministre était plongé dans l'embarras.

– J'ai dit que vous y étiez, oui, dit don Gaetano, mais comme s'il avait dit : j'ai dû avouer que je fréquentais des gens de mauvaise compagnie.

Cela me plut beaucoup. Et cela plut aussi au cuisinier, qui me poussa du coude.

Le ministre se dégonfla. Le parterre, puisqu'on était disposés, regardant vers le mort, comme au théâtre, le parterre, donc, redevint silencieux. Puis don Gaetano dit :

– Je ne veux même pas songer que ç'ait pu être l'un de vous...

Et tout le monde, subitement, le pensa, que ç'avait été l'un d'eux. Mis à part l'assassin, s'entend. Ils se regardèrent les uns les autres, comme si chacun avait pu tout à coup reconnaître dans son voisin l'homme qui avait tué.

– Je pense, poursuivit don Gaetano, qu'on aura tiré depuis le bois : qui sait même, par jeu.

– Quel bougre de fils de..., me murmura à l'oreille le cuisinier tandis qu'un chœur d'approbations s'élevait du parterre.

Il ne s'était pas encore apaisé qu'arrivait, à grand bruit, la police.

– Bien bien, fit le commissaire après un coup d'œil : nous tous d'un côté, le mort bien isolé de l'autre; suivant ce qu'il avait prescrit. Il s'approcha de don Gaetano et lui serra la main.

– Mon cher commissaire, le salua don Gaetano.

– Quel malheur, dit le commissaire.

Et il se dirigea vers le mort, suivi de don Gaetano. Instinctivement je me levai et y allai moi aussi; et le cuisinier avec moi.

Le commissaire souleva le drap, regarda, soupira; le laissa retomber.

– Qui est-ce? demanda-t-il à don Gaetano.

– Le président de la FURAS, le sénateur Michelozzi... Elu sénateur aux dernières élections : mais il a renoncé à son mandat pour prendre la présidence de la FURAS. Excellente personne : cultivée, zélée, honnête...

– Et on peut en douter? dit le commissaire. Mais il y mit une vibration ironique, comme pour dire : même si je le voulais, comment le pourrais-je?

– Voyons, dit don Gaetano en reflétant cette vibration comme un rayon de soleil sur une glace de poche, la renvoyant au commissaire avec le sens de : rien à faire, mon cher, il faut que tu grimaces.

– Le personnel de l'hôtel? demanda le commissaire.

Le cuisinier me donna un coup de coude dans les côtes.

– A leur poste, répondit don Gaetano. Rien à dire, sur personne.

– Et ici, dans le pays? Je veux dire : quelque paysan qui vous en veuille, qui ait une dent contre l'hôtel... Je ne sais pas...

– Personne n'a de dent contre moi, dit don Gaetano vexé. Et les paysans, le peu qu'il y en a encore ici, ont tiré avantage de l'hôtel : ils vendent comme venant de leur poulailler les œufs qu'ils vont acheter en ville, les fromages, les légumes... Les gens qui viennent ici, quand ils s'en vont, ont l'illusion d'emporter chez eux les choses bonnes et saines de la campagne.

– Mais des fois, un fanatique...

– Vous faites allusion aux histoires qu'il y a eu quand j'ai englobé l'ermitage dans l'hôtel... Mais non, tout cela est passé : les gros profits effacent les grands principes, et les petits profits, les petits fanatismes.

– Mais il doit bien y avoir une raison... C'est-à-dire, laissons de côté la raison : quelqu'un a bien dû tirer. Parce que pour tirer, on a tiré, non?

Il se tourna aussi vers moi et vers le cuisinier, dans l'attente d'une confirmation.

– Il semble que oui, dit don Gaetano.

– Et qui?

– Mais cela, mon cher commissaire, je pense que ce sera à la police de le découvrir.

– Eh oui, dit le commissaire avec un sourire de

résignation, c'est à la police, bien sûr que c'est à la police... Sauf que la police, quand on a tiré, elle n'était pas là...

– Et nous, au contraire, nous y étions, c'est ce que vous voulez dire... Mais croyez-moi, nous sommes dans les mêmes conditions que la police, qui n'était pas ici; au moins tous ceux d'entre nous qui étions rassemblés à réciter le Rosaire.

Le cuisinier, à nouveau, me donna un coup de coude.

– Sauf l'assassin, dis-je.

Don Gaetano me regarda : à son habitude, comme s'il ne me voyait pas. Et avec une profonde stupeur, comme si ma réplique l'avait plongé dans la douleur ou soulevé d'espérance.

– Mais vous croyez que c'est l'un de nous, un de ceux qui récitaient le Rosaire avec moi – en appuyant bien sur « avec moi » – qui a tué?

– Je le regrette, mais je crois que oui.

– Et pourquoi?

– Pourquoi j'ai cette conviction? Avant tout parce qu'aimant à tirer au pistolet et au fusil j'ai, disons, un peu d'oreille : et le coup de feu, je l'ai entendu opaque, assourdi; comme si l'arme avait été appuyée à la cible, au corps. Et je suis prêt à parier qu'on lui a tiré dans le dos et que le veston, là où il a été touché, sera roussi...

– Nous ne pouvons pas vérifier tout de suite, il

faut attendre le procureur et le médecin, dit le commissaire.

– Et ensuite? demanda don Gaetano avec la condescendance de l'examinateur qui a déjà décidé de recaler le candidat.

– Ensuite, mais cela, c'est une déduction, je pense que si c'était quelqu'un de l'extérieur qui avait tiré, de loin, de la lisière du bois, il y aurait eu plusieurs coups de feu : deux ou trois, pour le plaisir de tirer dans le tas.

– Et si quelqu'un, posté à la lisière du bois pour tirer un lièvre ou un lapin, avait par inadvertance laissé partir un coup?

– Ce type de chasse, expliquai-je, se fait au clair de lune – et il n'y a pas de lune. Il se fait au fusil, et au lieu de cela nous avons entendu un coup de pistolet.

– C'est vous qui l'avez entendu, le coup de pistolet. Moi, j'ai entendu un coup qui pouvait être de pistolet ou de fusil ou de bouchon de champagne, précisa don Gaetano.

– Il n'a pas été tué par un bouchon de champagne, dit le cuisinier.

Je fus surpris que don Gaetano ne réagît pas à l'ironie du cuisinier. Il dit :

– C'est vrai, c'est vrai...

Et disparut.

Arriva le procureur, et sitôt après le médecin. Le procureur, j'eus l'impression de l'avoir déjà rencontré : mais je ne pus réussir à me rappeler quand ni où. C'est comme lorsqu'on rencontre quelqu'un qu'on a connu gros et qui est maigre. Mais le procureur n'était ni gros ni maigre. Lorsque son regard tomba sur moi après ce qui, dans leur jargon, se nomme « reconnaissance du cadavre », je remarquai qu'il se passait dans son esprit la même chose que dans le mien : à la fixité du regard, au mouvement de la main sur le menton. Et quand, à un certain moment, il entendit le cuisinier dire mon nom, il me regarda comme celui qui arrive le premier à la solution d'un problème dans lequel l'autre s'embrouille, et me dit :

– Tu te rappelles? La Première B, en 1941... ou 42?

– 41... Si, ça y est, je me rappelle : Schembri.

– Scalambri, corrigea-t-il.

– C'est ça, Scalambri...

– Après plus de trente ans... Et crois bien que je t'aurais reconnu tout de suite dans un autre endroit... mais ici!

– Tu t'étonnes de me trouver ici. Et moi aussi, de m'y trouver...

Il me prit familièrement par le bras.

– Raconte-moi, raconte-moi...

Je commençai à me sentir mal à l'aise. J'ai

toujours évité, avec soin, la rencontre soit des anciens camarades de classe, soit des femmes que j'avais aimées dans ma jeunesse. La rencontre, je veux dire, à de longues années de distance. Et à présent, à la gêne d'en avoir rencontré un après plus de trente ans, s'ajoutait celle du lieu où je me trouvais, de la circonstance, des fonctions qu'y exerçait mon ancien camarade, de la familiarité avec laquelle il me traitait. D'avoir été quelques mois dans la même classe ne signifiait pas grand-chose, après tout, dans l'ordre des affinités, des liens d'affection. Deux seulement de mes camarades avaient eu de l'importance, du temps que j'allais à l'école : l'un, que j'ai toujours revu depuis, un autre que je n'ai jamais plus rencontré. Nous avions tous les trois un rendement assez bas du point de vue scolaire; mais nous lisions des tas de livres qui n'avaient rien à voir avec l'école, nous allions chaque soir au cinéma, nous nous confiions nos amours, et nos désamours... Scalambri, pour autant que je m'en souvienne, faisait au contraire partie des bons élèves; et des bons qui ne vous passaient pas, pour les copier, leur version grecque ou leur thème latin (et ce dernier était le devoir que nous haïssions le plus, comme la plus insensée des vexations).

Je n'avais rien à lui raconter. Je voulais au contraire parler avec lui de ce crime. Mais à peine avais-je essayé d'entrer en discussion à ce sujet qu'il se déroba. Insouciant, distrait : ou faisant semblant de l'être par règle et habitude professionnelles; ou parce que véritablement l'intérêt qu'il portait à ce cas, à ce problème, ne parvenait pas à se détacher de l'ennui d'avoir été appelé à cette heure-là, dans ce milieu d'ecclésiastiques et d'hommes politiques qui lui imposaient une prudence dans son enquête, un scrupule, une méticulosité au-delà de ses habitudes (je ne pouvais en douter, au fur et à mesure que j'améliorais la mise au point, dans mon souvenir, de ce qu'il était à l'école). Quoi qu'il en soit, le ministre s'approcha, interrompant notre conversation. Scalambri le reconnut. Il me lâcha le bras : et dès cet instant m'oublia.

Le ministre fut obséquieux à l'extrême. Non moins que mon ancien camarade.

– Monsieur le Procureur, dit le ministre après un échange de civilités pleines de détours, vous voudrez, j'imagine, entendre les impressions de chacun de nous, puisque je ne pense pas qu'on soit en mesure de fournir autre chose que des impressions... Mais nous sommes très nombreux, comme vous voyez... Est-ce qu'on ne pourrait pas, je me permets de vous le demander, remettre à demain matin, à l'heure qu'il vous plaira de fixer...?

– Mais certainement, certainement, se hâta de consentir Scalambri.

– Je vous remercie, dit le ministre.

Il resta absorbé un moment à examiner le visage de Scalambri comme si c'eût été une carte sur laquelle il avait beaucoup de peine à trouver un nom familier, un pays connu. Puis il soupira longuement; et en appendice à son soupir, lança cette exclamation :

– Quel pastis!

– Je ne sais rien, dit Scalambri sur ses gardes. Sauf, bien entendu, le peu que m'a appris le commissaire : l'identité du mort, le coup d'arme à feu...

– Un homme d'une correction, d'une droiture morale, d'un esprit de suite...

– Exemplaires, compléta Scalambri.

– Véritablement exemplaires, dit le ministre : comme si sans son « véritablement » cette exemplarité eût couru le risque de se teinter d'incrédibilité et d'ironie.

– C'est justement pourquoi cette affaire a toutes les possibilités de devenir, comme vous l'avez si bien dit, un pastis... Comment faire, je ne dis pas pour trouver, mais pour imaginer, un mobile?

– Eh oui, vous avez raison : pas possible ni de trouver, ni d'imaginer... Je me permets d'avancer qu'il n'y en a pas eu.

– Il y en a toujours un, monsieur le Ministre, toujours : futile, insensé, imperceptible à l'œil de la normalité; mais il y a toujours un mobile.

– Juste, admit le ministre, juste : mais futile,

mais insensé... Il ne peut qu'avoir été victime de la folie, ce pauvre Michelozzi.

Et le nom s'échappa de sa bouche comme un sanglot.

– Un homme irremplaçable, dit Scalambri, mais simplement pour montrer au ministre qu'il prenait part à sa douleur.

– Irremplaçable, lui fit écho le ministre; et cela éveilla dans ma mémoire un autre écho très lointain : celui du chat qui, dans le grand livre de Collodi, répète sans cesse la dernière parole du renard.

– Songez, poursuivit-il, qu'il avait renoncé à son mandat parlementaire pour assumer la présidence de la FURAS.

– Noble sacrifice, dit Scalambri.

Déjà, dès les premières répliques, j'avais eu l'impression d'être en train d'écouter du Ionesco. Mais trop c'est trop : et comme ces deux-là s'absorbaient l'un l'autre au point de faire penser à un couple enlacé sur un banc devant Saint-Germain-des-Prés tandis qu'alentour se déchaîne la cohue de l'heure de pointe, je m'éloignai discrètement.

Je retrouvai le cuisinier, encore inquiet. Je lui rendis courage et lui souhaitai bonne nuit : et je me retirai dans ma chambre, où jusqu'à trois heures du matin je continuai d'entendre le brouhaha des policiers, qui de temps en temps s'emballait en impatients éclats de voix.

Je me réveillai à neuf heures. Et d'abord, avec le sensation d'avoir rêvé tout ce qui était arrivé la veille. Mais j'en eus tout de suite conscience et confirmation en ouvrant la fenêtre : il y avait des policiers sur l'esplanade, des voitures gris-vert de la police; et là où l'honorable Michelozzi était tombé, il y avait une silhouette sinistre dessinée à la craie et une tache d'un rouge terreux à l'endroit des poumons, et de la même forme, à l'intérieur de la silhouette.

Des habitants de l'hôtel, aucun ne se montrait : restaient-ils encore dans leur chambre, comme moi, ou continuaient-ils leurs exercices?

Quand je sortis de la chambre, le silence des corridors me fit penser à un couvent; mais en approchant de l'ascenseur, des escaliers, j'entendis un murmure indistinct et continu, profond, quasi souterrain.

Ils étaient tous dans le hall, comme arrimés à fond de cale. En groupes qui ressemblaient à des entrelacs de traits de plume, dans la continuité tangentielle qui s'établissait entre l'un et l'autre et finalement entre tous, en serpentant. C'était comme un dessin de Steinberg.

Parcourant ces entrelacs, j'appris que le procureur avait déjà commencé ses interrogatoires dans le bureau de don Gaetano. Il avait demandé que se présentent en premier ceux qui se trouvaient dans la même rangée que l'ex-sénateur Michelozzi quand l'ex-sénateur Michelozzi, après le coup de feu, était tombé : mais personne ne s'était présenté. Le procureur avait exprimé, en termes mesurés, sa réprobation : et tout le monde lui donnait raison, et exprimait sa réprobation.

– Comment était-il possible de ne pas se rappeler si on avait ou non le pauvre Michelozzi à côté de soi?

Mais cette question, autant dire que se la posaient aussi ceux qui devaient l'avoir eu auprès d'eux : et donc, ou bien effectivement ils ne se le rappelaient pas, ou bien ils se couvraient; à part celui qui avait tiré, qui avait toutes les raisons pour se cacher. Quoi qu'il en soit, le procureur avait commencé ses interrogatoires par ordre alphabétique : et se trouvaient là, attendant qu'on les appelât, même ceux dont le nom commençait par Z, dont le tour ne viendrait au mieux, que tard dans la soirée.

Scalambri avait été un des premiers de la classe, il se peut qu'il ait été parmi les premiers au concours de la magistrature, mais dans le métier d'enquêteur, ce n'était sûrement pas un aigle. Il aurait dû commencer par moi et par le cuisinier, qui nous trouvions hors du carré; procéder ensuite à une reconstitution de celui-ci, en faisant appel à la mémoire de chacun. En s'y prenant comme il l'avait fait, il avait créé au contraire une certaine panique et tout le monde – à juste titre – cherchait à se défiler.

Je m'approchai de la porte du bureau de don Gaetano. Il y avait un policier de garde, qui crut devoir me prévenir en disant :

– Je regrette, mais il faut attendre que le Procureur vous appelle.

Je n'avais pas eu l'intention de franchir cette porte, mais qu'on m'en empêchât me la fit venir. Je tirai mon calepin et y dessinai, à la manière de Steinberg, le carré des orants; j'écrivis au-dessous : « Il faut reconstituer le carré. » Et confiai le message au policier.

– Je le lui donnerai quand il m'appellera, promit le policier.

Il l'appela quelques minutes après. Et sortirent à trois du bureau de don Gaetano : Scalambri, le policier, et l'homme qui venait d'être interrogé. Celui-ci plongea tout de suite au milieu de ses amis comme pour fuir Scalambri : pour se mimétiser, pour disparaître. Le policier me montra du doigt à Scalambri mais celui-ci venait déjà vers moi en agitant le feuillet qui portait le dessin, et me dit :

– Il faut que tu me le signes.

Cette demande, ainsi lancée, eut pour effet de faire taire tout le monde. Tous se tournèrent vers Scalambri, s'attendant, je pense, à lui voir en main un chèque : et ils eurent la surprise de voir au contraire un petit dessin. J'étais surpris moi aussi, mais pas de la même façon. Plus qu'habitué à cela, dégoûté de m'entendre réclamer une signature – en général par des garçons de café – pour toute espèce de gribouillis qu'il m'arrivait de faire – le plus souvent en attendant, et en attendant une femme – machinalement, dans mon impatience, sur une serviette en papier ou un journal; la requête de Scalambri me parut friser l'absurde, la folie. J'eus envie de répondre comme l'avait fait un jour Picasso à une jeune fille qui lui demandait de lui signer un dessin dont il venait de lui faire cadeau : « Eh non, ma chère : ce dessin ne vaut rien, mais ma signature, elle, vaut un million »; mais je me retins, et lui dis :

– Mais non, c'est une chose de rien du tout, une chose qui n'est pas de moi : on dirait du Steinberg ou du Flora; je t'en ferai un avec tous les sacrements.

L'expression amusa Scalambri.

– Avec tous les sacrements : je vois que tu respectes le style de la maison.

– Et après?

– Mais sérieusement, tu me le promets?

– Je te le promets.

– Aujourd'hui?

– Aujourd'hui.

Rassuré, mais en empochant à tout hasard le feuillet, il me demanda :

– Tu veux dire qu'il faut faire disposer ces gens comme hier soir pour la récitation du Rosaire?

– Exactement.

– Tu as raison : en les interrogeant un à un on n'en tire rien; j'en ai déjà fait passer six ou sept : ils ne se rappellent même pas leur nom. Il se tourna vers le policier et lui ordonna d'aller chercher le commissaire; puis il frappa dans ses mains pour demander l'attention de tous les hôtes. Quand il l'eut obtenue, il dit :

– Messieurs, je me suis rendu compte qu'il est complètement inutile de vous interroger un à un; je vais donc faire une tentative pour réveiller la mémoire de certains, dans l'espoir que les autres seront pressés ou contraints de se rappeler... Vous êtes priés de sortir sur l'esplanade et de vous disposer comme hier soir quand vous avez commencé à réciter le saint Rosaire.

Et il prononça le mot « saint » de façon assez ambiguë pour vouloir dire à ces gens-là « je suis des vôtres » et à mon intention toute sa dérision viscérale du Rosaire et de ceux qui le récitaient.

Il y eut une certaine agitation et quelques protestations indirectes s'élevèrent, que Scalambri fit mine de ne pas entendre. Mais le commissaire, qui était arrivé entre-temps, commença avec les policiers à mettre les ordres à exécution : et ils s'agitaient comme chiens de berger quand il faut faire entrer les moutons dans le parc.

Tous dehors, finalement; et tous autour de don Gaetano, qui était brusquement apparu. Comme le soir d'avant, sauf que le passage du cercle au carré serait moins spontané et plus difficile.

– J'imagine, me souffla Scalambri, que tu n'étais pas avec eux dans la troupe : tu es donc le seul qui puisse m'aider.

– Pas le seul; il y avait le cuisinier, assis à côté de moi.

– Qu'on m'amène le cuisinier, cria Scalambri.

On le lui amena, si bouleversé de terreur que je me repentis de l'avoir mis dans le coup.

Scalambri, sur le perron de l'entrée, était comme un chef d'orchestre sur son estrade.

– Vous deux, nous dit-il, au cuisinier et à moi, là où vous étiez hier soir... Don Gaetano – avec plus de délicatesse –, essayez de m'aider : qui se trouvait avec vous au premier rang, quand vous avez commencé?

– Son Excellence le ministre, sûrement; et sûrement le pauvre honorable Michelozzi.

– Michelozzi était donc au premier rang : cela au moins, finalement, nous le savons, dit Scalambri. Et puis, tâchez de vous rappeler qui il y avait encore, au premier rang... Combien étaient-ils, dans cette rangée? dit-il en se tournant vers le cuisinier et moi.

– Sept huit, dis-je.

– Sept huit, dit en écho le cuisinier.

– Sept huit, répéta Scalambri.

Et d'un ton implorant :

– Don Gaetano, Excellence : tâchez de vous rappeler.

– Voyons, moi j'étais à la droite de don Gaetano, dit le ministre, et à ma droite il y avait... Qui y avait-il à ma droite?

– Moi, cria quelqu'un, et une main se leva.

– Très bien. Prenez note, commissaire : le professeur Del Popolo à la droite de Son Excellence... Et à votre droite, professeur Del Popolo?

– A ma droite... Mon Dieu, qui se trouvait à ma droite?

– Moi.

– Prenez note : monsieur le député Frangipane à la droite du professeur Del Popolo... Et à votre droite, monsieur Frangipane?

– A ma droite, l'ingénieur Lodovisi, répondit sans hésitation le député.

– C'est juste, dit l'ingénieur en s'avançant la main levée.

– Et à votre droite, ingénieur Lodovisi?

– A ma droite, personne.

Quasiment heureux.

– A la gauche de don Gaetano, dit Scalambri avec un soupir qui exprimait la résignation pour lui-même et la compassion pour le défunt dont il allait prononcer le nom, il y avait donc ce pauvre sénateur Michelozzi. Mais qui était à la gauche de Michelozzi ?

Un terrible silence s'abattit. Puis tremblante une voix s'éleva; hésitante, une main.

– Peut-être... Je ne sais pas... Il me semble...

– Maître Voltrano, constata Scalambri.

– Oui, toutefois... dit l'avocat.

– Vous y étiez, ou vous n'y étiez pas?

– Si, j'y étais. Toutefois...

Scalambri était devenu dur, cassant.

– Rien, comme ça : une impression.

– Quelle impression?

– L'impression de ne pas l'avoir eu tout le temps à côté de moi.

– Ah, fit Scalambri : soupçonneux, ironique.

– Naturellement.

Le mot m'avait échappé. Scalambri me foudroya du regard. N'eût été la familiarité passée et le dessin que je lui avais promis, il m'eût certainement fait expulser. Il se calma et se résigna à demander :

– Naturellement quoi?

Je me levai, m'approchai de lui, et le tirai à l'écart.

– Naturellement, dis-je, parce que comme toujours le cas est double : ou bien l'avocat Voltrano a descendu Michelozzi et dans la crainte que tôt ou tard nous découvrions qu'il était à sa gauche il prend les devants en feignant de soupçonner que quelqu'un s'est glissé entre lui et Michelozzi;

ou bien l'avocat est innocent, et donc dit la vérité : que quelqu'un a manœuvré de façon à quitter prudemment sa propre rangée pour se trouver, quand on arriverait dans la zone la plus obscure, à côté de Michelozzi... Trouves-en un autre, dans une autre rangée, qui ait le même soupçon que l'avocat, c'est-à-dire de ne pas avoir eu à côté de lui, à un certain moment, celui qui était son voisin au départ : et tu tiendras l'assassin.

C'était si judicieux, ce que je disais, que Scalambri en fut froissé. En tant que premier de la classe.

– Mais, me dit-il avec un sourire de compassion, tu es un lecteur de romans policiers, ou tu en écris carrément?

– J'en écris, et je les publie sous un pseudonyme, répondis-je avec un sérieux qui le laissa perplexe.

– De toute façon, ceci n'est pas un roman, dit-il en retournant à son enquête.

Mais à partir de ce moment-là, il suivit la ligne que je lui avais tracée.

Toute la matinée passa ainsi : qui y avait-il à votre droite, qui à votre gauche; s'il y avait toujours eu la même personne à votre droite ou à votre gauche. Tous sauf quatre, cinq avec l'avocat Voltrano, assurèrent qu'aucun changement, aucune substitution n'avait eu lieu à leur droite ou à leur gauche. Certes ils ne pouvaient le jurer sur l'Evangile : le passage de la zone illuminée à la zone obscure, l'intensité (disaient-ils) de leur participation à la récitation du Rosaire, le fait qu'ils ne pouvaient même pas imaginer qu'un crime pût avoir lieu parmi eux, et que celui-ci se manifestât pendant ces prières humbles et unanimes (Encyclique *Supremi Apostolatus* de Léon XIII, citée par le ministre) qui étaient l'emblème honorifique de la piété chrétienne : tout cela avait eu pour effet que leur mémoire avait enregistré très peu de chose ou quasi rien de ce que le magistrat prétendait à présent leur demander de se rappeler. Quant aux cinq qui avaient des doutes sur la permanence de leur côté de la personne qui en toute certitude s'y trouvait quand avait commencé la récitation du Rosaire, ils se trouvaient tous dans la situation de l'avocat Voltrano : impressions fugitives, et rien d'autre, Et ils ne savaient, ou ne voulaient, indiquer qui, à un certain point, s'était trouvé auprès d'eux à la place de celui qui les accompagnait au moment du départ.

Scalambri était furieux. Comme je le lui avais suggéré, il avait réussi au bout de quatre heures à reconstituer le carré (qui par la suite s'avéra être non un carré mais un trapèze isocèle); il avait trouvé cinq personnes qui se souvenaient vaguement de n'avoir pas eu toujours à côté d'elles, à droite ou à gauche, la même personne : mais son enquête en était au point de départ, et on n'entrevoyait pas la possibilité que se manifestât au moins un suspect quelconque, quitte à le décharger à l'instruction. Il était furieux à tel point qu'il se laissa aller devant le ministre et don Gaetano à des jugements narquois sur la foi et les pratiques religieuses de tous ces braves gens qui ne se souvenaient de rien.

Le ministre se rongeait, le mors aux dents. Très calme au contraire, don Gaetano ne disait mot. C'est seulement à table, après la prière et la bénédiction, qu'il commença à se dégeler, pressé par Scalambri qui se trouvait à sa gauche (moi à sa droite) : mais en évitant, avec une habileté incomparable, d'approcher le sujet du crime toutes les fois où Scalambri tenta de l'y amener. Selon moi, il savait; ou tout au moins devinait. Et selon Scalambri aussi, qui me chuchota à l'oreille quand nous nous levâmes de table :

– Si ce curaillon pouvait parler...

Avec ce grondement de rage du mâtin qui ne peut mettre la dent sur sa proie.

– Qu'est-ce que nous faisons, monsieur le Procureur? demanda alors le commissaire en s'approchant de nous.

– Et qu'est-ce que vous voulez faire? dit Scalambri. Restons ici comme pensionnaires de l'hôtel de don Gaetano : qu'il en sorte quelque chose ou qu'il n'en sorte rien, nous ne pouvons rien faire d'autre que rester ici à observer, à épier.

– Je peux parler? demanda le commissaire en faisant allusion, d'un clin d'œil, à ma présence.

– Parlez.

– Je les arrêterais tous, don Gaetano compris.

– A qui le dites-vous, mon cher commissaire, à qui le dites-vous... dit-il d'un air rêveur.

– Ceci pour dire, poursuivit le commissaire, qu'ils sont tous dans la situation du type qui, lorsqu'on lui avait lu la sentence, avait dit : « Pour tout ce que j'ai jamais pu faire, vous m'avez mis en cabane, et pour ce que je n'ai pas fait vous me condamnez ». Vous ne trouvez pas?

– Mais si, mon cher commissaire, mais si...

Et rêveur, se retrouvant les yeux remplis de larmes, et s'en apercevant dans un éclair, Scalambri eut envie de dormir :

– Oh, mais ce vin vous joue des tours... Au lit, je m'en vais au lit.

Et s'éloignant d'un pas mal assuré, il me laissa avec le commissaire.

– Et lui aussi, marmonna le commissaire en regardant s'éloigner Scalambri.

Lui aussi qu'il fallait arrêter, ou lui aussi qui se mettait à compliquer les choses, ayant bu plus qu'il n'aurait dû, dans une situation qui exigeait lucidité et promptitude? Mais soudain préoccupé, à cause de la familiarité avec laquelle nous nous traitions, Scalambri et moi, il voulut corriger, adoucir :

– Lui aussi, dit-il, comme moi : il a fait également un certain effet sur moi, ce vin... c'est bien connu : là où il y a curé, il y a bonne cave.

– Don Gaetano est un connaisseur, dis-je pour l'aiguillonner. Un vrai connaisseur.

– Pas seulement en vins : en tout.

– Même en crimes?

– En crimes en général, je ne sais. Au confessionnal, il a certainement dû voir s'ouvrir des cloaques... Mais vous voyez, je jouerais bien mes... bref : je serais prêt à parier n'importe quoi qu'il a compris quelque chose, qu'il sait quelque chose de ce crime.

– J'en suis convaincu moi aussi.

Le commissaire prit un ton inquisitorial :

– Vous le connaissez bien?

– Je ne crois pas que ce soit quelqu'un qu'on puisse connaître bien.

– C'est juste, approuva-t-il d'un air mélancolique.

– C'est un homme extraordinaire.

– Extraordinaire.

– Terrible.

– Terrible.

– Très intelligent.

– Très intelligent, oui; terrible; extraordinaire... Mais attention : si je l'avais vingt-quatre heures entre les mains, à l'interroger comme je dis, moi, comme je sais, moi, don Gaetano vomirait son âme, si âme il a... Et ne songez pas, par charité!, à des mauvais traitements, à des tortures... Je le ferais simplement descendre de son piédestal, je lui ferais seulement sentir que pour moi il ne vaut pas plus que le voleur de poules, que le drogué surpris avec ses trois grammes d'héroïne en poche... Quand un de ceux qui se croient puissants entre dans un poste de police et s'entend ordonner d'ôter ses lacets de souliers et sa ceinture de pantalon, il s'effondre, mon cher ami, il s'effondre à un point que vous n'imaginez même pas.

– Même s'il s'agit de don Gaetano?

– Même don Gaetano, même le pape, et même le bon Dieu... Essayez d'imaginer la scène : le poste de police, un bureau sordide comme le mien, cette odeur typique que Gadda fait sentir d'une manière quasi indélébile et qui vous saute aux narines chaque fois qu'on parle de police (et que je sens moi aussi en dépit de toutes ces années d'accoutumance); derrière la table, le commissaire qui ne se lève pas, qui ne fait pas le moindre geste, je ne dis pas de politesse mais de salut; le brigadier debout qui dit, avec indifférence, ou carrément avec mépris : « Monsieur Montini, ôtez vos lacets de souliers et la ceinture de votre pantalon »... C'est la fin, mon cher ami, c'est la fin.

– Ça me plaît encore plus d'imaginer la scène avec le bon Dieu à la place du pape.

– Imaginez, imaginez...

Il s'éloigna en souriant mais revint soudain en arrière, préoccupé.

– Mais attention, me recommanda-t-il : ce que je viens d'épancher, là, c'était à vous, en confidence, parce que je sais que vous pensez comme moi.

Avec un sourire entendu, et comme par jeu, je lui demandai :

– Et qu'est-ce que nous pensons, tous les deux ?

– Nous pensons que dzac – et il trancha l'air de la main, en demi-cercle : à faucher, à décapiter.

Et de nouveau en souriant, il s'éloigna.

A vrai dire, il ne m'était pas arrivé depuis des années de penser que – dzac ! – il y eût à faucher, à décapiter, et je n'aurais pas cru que semblable pensée, ou rêverie, en moi éteinte, ait pu germer avec une telle vigueur chez un commissaire de police, même en secret. Mais j'avais perdu tant de choses de vue; tant de changements, dont je ne m'étais pas aperçu, tant de nouveautés. Et pas moi seulement : mais aussi les gens que je rencontrais journellement se trouvaient dans la même situation. Ministres, députés, professeurs, artistes, financiers, industriels : ce qu'on appelle la classe dirigeante. Et qu'est-ce qu'elle dirigeait, concrètement, effectivement ? Une toile d'araignée dans le vide, sa propre toile instable. Même si elle était tissée de fils d'or.

Ruminant des pensées désolées sur la toile d'araignée, sur le fil d'or à quoi j'étais suspendu, et qu'une simple branche qu'on écarte, un coup de vent, pouvait facilement détruire (et je m'étais arrêté devant une toile d'araignée qui brillait, argentée, non pas dorée comme la nôtre, entre les rameaux d'un noisetier : et j'écartai l'un de ceux auxquels elle était attachée, le courbai vers moi pour le laisser partir ensuite comme une arbalète; et je vis se briser les fils d'argent et les araignées courir en tous sens comme des folles), je m'étais acheminé vers la clairière où les femmes, les autres jours, prenaient le soleil. Elles n'y étaient pas. Je fis encore une centaine de mètres et aperçus soudain don Gaetano qui, assis sur une pierre ronde, meule d'ancien pressoir à olives ou de moulin, me regardait fixement mais, comme d'habitude, en me donnant l'impression de ne pas me voir. Je m'approchai : et j'eus l'impression encore plus désagréable et plus piquante qu'il ne me voyait pas, ne voulait pas me voir. J'en conçus l'envie de me révolter, d'être avec lui désagréable et blessant.

– Quelqu'un vous a-t-il révélé en confession

avoir commis le crime ou porté un faux témoignage?

– Asseyez-vous, dit don Gaetano en m'indiquant la place à côté de lui, sur la meule.

Désarçonné, je cherchai à résister. Je déclamai :

– Nul ne peut savoir de qui il est aimé lorsqu'il siège heureux au sommet de la roue.

Mais je m'installai auprès de lui, sur la pierre fraîche, humide comme si elle transpirait.

Vaste silence, rendu encore plus vaste et consistant par un lointain horizon de voix, de moteurs, de chiens qui aboyaient. Nous faisons un concours de silence, me dis-je : car la campagne, cette campagne, me ramenait à mon enfance, à nos jeux, parmi lesquels ceux-ci, quand nous étions las des plus mouvementés : sans rire, sans bouger, les yeux fermés. Je savais toutefois que je perdrais à ce jeu, et de fait, peu après, je demandai :

– Que vous en semble, de la façon dont mon ami Scalambri mène l'enquête?

– Ah, c'est un de vos amis?

– Nullement, j'ai dit comme on dit d'habitude : nous avons été camarades de lycée, je ne l'avais pas revu depuis des années, je ne savais même pas qu'il était entré dans la magistrature... Vous croyez qu'il arrivera à un résultat?

– Et vous?

– Et comment voulez-vous qu'il y arrive, le

pauvre Jésus, en enquêtant dans cette espèce de congrégation?

– Ne dites pas le pauvre Jésus; de pauvre Jésus il n'y en a eu qu'un, et c'est le Christ... Et vous vous trompez grossièrement si vous croyez que nous avons ici une espèce de congrégation : c'est un nœud de vipères.

– Elles se mordent entre elles?

– Et vous ne vous en rendez pas compte?

– Je n'ai pas l'œil assez exercé pour m'en rendre compte. En tout cas, elles ne se mordront pas entre elles au profit de ce pauvre Scalambri.

– Et qui le sait? Il suffira peut-être de les tirer du nid et de voir qui a le moins de morsures.

– Et qui en a le moins est coupable, j'imagine.

– Imaginez ce que vous voulez.

– Et vous?

– Moi quoi?

– Vous ne ferez rien pour que Scalambri résolve le problème?

– C'est le problème de Scalambri. Il ne peut ni ne doit être le mien.

– Mais la justice, la faute, l'expiation?...

– Non.

Fermement. Puis, comme s'il eût extrait les mots d'une région infiniment lointaine, dans un état divinatoire :

– Voyez-vous, croire que le Christ ait voulu

arrêter le mal est l'erreur la plus ancienne et la plus répandue du monde chrétien. « Dieu n'existe pas, donc rien ne nous est permis. » Cette parole énorme, nul n'a jamais tenté d'en renverser le sens : opération simple, banale, évidente. « Dieu existe, donc tout est permis. » Personne, dis-je, sauf le Christ. Et c'est cela le christianisme, dans son essence véritable : que tout nous est permis. Le crime, la douleur, la mort : vous croyez qu'ils seraient possibles, si Dieu n'existait pas?

– Donc, le triomphe du mal...

– Pas le mal, pas le triomphe du mal : il faudrait décoller de ces mots, de tous les mots... Et pourtant nous n'avons que cela, les mots... Il faudrait entrer dans l'inexprimable sans ressentir la nécessité de l'exprimer... Mais vous, je comprends, ne savez qu'en faire, de l'inexprimable; et donc nous descendons... Nous descendons, tenez, jusqu'aux vieilles accusations, jusqu'aux vieux plaidoyers. A Tertullien, par exemple, qui aussi désespérément qu'inutilement a tenté de défendre les chrétiens accusés d'être totalement stériles dans la vie publique : « Nous aussi nous fréquentons le forum, les marchés, les bains, les affaires, les magasins, les auberges et tout ce que vous avez d'autre en fait de commerce; nous cohabitons avec vous dans le siècle... » Très juste : sauf que pour nous le siècle, le monde, c'est tout autre chose. C'est le bord de l'abîme :

au-dedans de nous, hors de nous. L'abîme qui appelle l'abîme. La terreur qui appelle la terreur. C'est pourquoi vous autres, vous nous craignez, à juste titre : et Tertullien avait tort de vous demander de ne pas avoir peur de nous, de vous rassurer; tandis qu'il avait raison de conclure que dans la mesure où vous nous condamnez, Dieu nous absout.

– Vous qui?

– Vous qui voyez le siècle, le monde, dirigé par le forum; et le forum par Dieu, même si vous donnez à Dieu d'autres noms.

– Et si nous descendons encore, qu'est-ce que vous me direz, vous? Que vous vous moquez éperdument de cet homicide qui a eu lieu ici, parmi vos pensionnaires? Et du fait que l'un d'eux a été tué et qu'un autre, l'assassin, ne paiera probablement pas?... C'est cela que vous me direz?

– Je pourrais vous le dire aussi. Mais je souffre.

– Et pourquoi?

– Parce qu'il y a une partie de moi encore exposée, encore à découvert; encore vulnérable, si vous voulez.

– Et ce n'est pas la meilleure, à ce que je crois comprendre.

– Vous voilà revenu aux mots qui décident, aux mots qui divisent : meilleur et pire; juste et injuste; blanc et noir. Alors que tout n'est qu'une chute, une longue chute : comme dans les rêves...

Le dernier mot resta comme absorbé par l'air, par les arbres, par moi-même : si bien qu'en me retrouvant seul assis sur cette pierre ronde, engourdi, j'eus l'impression d'avoir reçu un coup de soleil et rêvé un instant, plus qu'un instant peut-être.

Je me levai et m'acheminai vers l'hôtel. Et avant même d'y arriver, aux bruits, aux voix, je compris qu'il s'était passé quelque chose de nouveau.

Il s'était passé que l'avocat Voltrano, en vol plané croyait-on, était allé s'écraser de la fenêtre de sa chambre au huitième étage sur un tas de briques et de tuiles : derrière l'hôtel, du côté où donnaient les cuisines. Le cuisinier, qui sommeillait sur une chaise longue, s'était réveillé au bruit : et n'avait tout d'abord rien vu, parce que, de sa position allongée, il ne pouvait voir toute la surface du tas; puis, voyant glisser encore une brique ou deux et se levant, il avait découvert ce corps en pyjama, face contre terre, encore agité de soubresauts : il poussa un tel cri que l'entendirent même ceux dont la chambre donnait de l'autre côté de l'hôtel. L'entendit aussi Scalambri, dans le brouillard épais du sommeil où le vin l'avait plongé : et il était là à présent, du côté des cuisines, désormais bien éveillé, dans une sainte rage et donnant de la voix.

Pâle, le menton qui lui tremblait, le cuisinier était entouré d'assistants et de gâte-sauce dont l'un, de temps en temps, lui tendait un flacon de vin. Le cuisinier le prenait à deux mains, vu que d'une seule il n'y parvenait pas tant il tremblait, buvait une brève gorgée et le rendait. Quand le commissaire s'en aperçut, il s'écria qu'on était en train de le lui soûler, et qu'il avait besoin de lui la tête claire. Le cuisinier égrena des jurons à mi-voix : à la Madone, aux saints les plus familiers.

– La tête claire! Et pourquoi faut-il que j'aie la tête claire? Qu'est-ce que j'ai à faire là-dedans, qu'est-ce que je sais? J'ai été réveillé par un bruit et j'ai vu un type, en pyjama, qui se tortillait sur ces briques comme un lézard qui a été touché à la tête d'un coup de fronde. Et voilà tout.

Il tendit la main vers le flacon et aussitôt la retira en lançant d'autres jurons.

– Et je ne peux même pas boire une gorgée de vin.

Le jeune prêtre chevelu s'approcha de moi.

– Il est bouleversé, le pauvre : jamais je ne l'avais entendu jurer.

Pour justifier le cuisinier et l'hôtel. Et ensuite :

– Ce pauvre Maître Voltrano : vous le connaissiez?

– Non.

– Un homme de valeur : la Sacrée Rote, dissolutions de mariages; mais ces dernières années, il s'était consacré à la politique; comme ça, sans se montrer beaucoup : mais avec une habileté, un prestige... le pauvre, chaque fois qu'il venait, il nous demandait cette faveur : « Je vous en prie, une chambre au dernier étage. » Et nous lui donnions toujours satisfaction.

– Y compris cette année, constatai-je.

– Eh oui, y compris cette année.

Et il eut comme un frisson.

– Mais n'ayez pas de remords pour lui avoir donné cette satisfaction : il serait mort même en tombant du septième ou du sixième. Ou en restant au premier étage, sans qu'il soit nécessaire de le pousser.

– Mais vous croyez qu'on l'a tué?

– Pas vous?

– Mon Dieu, encore un!

– Quand une chose est commencée, le tout est de la continuer.

– Mais le crime...

– Précisément, dans le crime, on ne peut s'arrêter.

– Vous croyez donc qu'il y en aura d'autres?

– Mais non : il est possible que tout se soit conclu ici et maintenant. On ne peut s'arrêter, j'entends, aussi longtemps qu'on n'a pas éliminé les erreurs, les accidents, les bavures qui se sont produits lors de l'accomplissement du premier; et puis en corrigeant à l'aide d'un autre crime les erreurs – impondérables – qui s'y présentent encore; et ainsi de suite... Ceci, évidemment, dans les crimes dont l'auteur a tout calculé pour parvenir à l'impunité. Et parce qu'il n'est calcul sans une marge où l'impondérable, le fortuit et en somme la chance ne jouent un rôle fatal... Et c'est précisément le cas, là où nous en sommes : si Me Voltrano n'avait, ce matin, manifesté le soupçon, l'impression, de n'avoir pas toujours eu le sénateur Michelozzi à côté de lui pendant la marche du Rosaire, il serait encore en vie.

– Donc vous croyez que c'est à cause de ce qu'il a dit ce matin...

– Ou de ce qu'il n'a pas dit.

Le commissaire, si loin qu'il fût, devait avoir des tentacules invisibles dans les oreilles, et tout occupé qu'il semblait à résoudre le problème de la chute de l'avocat et de la façon dont celui-ci avait pu tomber de sa fenêtre sur le tas de briques, car il y avait un écart d'au moins dix mètres (un agent se tenait à la fenêtre de la chambre de Voltrano, et en laissait descendre une pierre au bout d'un fil), il saisit au vol les deux dernières répliques et me cria :

– Très juste : à cause de ce qu'il n'a pas dit... Et

il a été projeté de la terrasse, voyez-vous? Pas de la fenêtre de sa chambre.

– Et cela veut dire? demanda le prêtre.

– Cela veut dire, mon cher ami, que Me Voltrano est allé seul sur la terrasse; et il y est allé seul parce qu'il y avait rendez-vous avec la personne qui l'a tué.

– Commissaire, je vous en prie : gardez pour vous, et pour moi, toutes vos déductions, intervint Scalambri, sans aménité.

– Excusez-moi, monsieur le Procureur, excusez-moi : mais il s'est produit une curieuse coïncidence... Votre ami que voici était en train d'avancer une hypothèse au moment précis où je l'avais faite pour mon propre compte et en vérifiais la justesse... Et la physique, ce n'est même pas une opinion : vous le voyez?

Il montra l'agent debout à la fenêtre, tenant en mains le bout du fil auquel la pierre, à un mètre du sol, loin du tas de briques, se balançait.

– Mais mon ami écrit des romans policiers, vous ne le saviez pas? dit calmement Scalambri, en plaisantant. Ce n'est pas seulement le grand peintre que nous connaissons tous... Et à propos, le dessin? Comme l'a dit Horace, *promissio boni viri est obligatio...* ou bien est-ce Trilussa qui l'attribue à « *Horatio* » pour rimer avec *obligatio*?

– Je ne me rappelle pas : tu sais que moi, pour ce qui est du latin...

– Moi j'aimais ça, au contraire.

Il eut un soupir de mélancolie à l'égard du destin qui l'avait arraché à Cicéron et à Lucrèce pour le plonger dans des enquêtes sur deux crimes mystérieux chez des gens puissants et peu sûrs.

– Et le dessin, alors?

– Tu l'auras ce soir ou demain. D'autant que du train où vont les choses, ni toi ni moi ne bougerons d'ici.

– Nous sommes comme une caravane embourbée.

– Monsieur le Procureur, l'interrompit le commissaire, voulez-vous venir vous aussi sur la terrasse? Je crois qu'une reconnaissance...

– Bien sûr, bien sûr, dit Scalambri. Et comme s'il se laissait aller à une générosité exceptionnelle de sa part autant qu'inespérée pour moi :

– Viens, toi aussi.

L'ascenseur jusqu'au huitième; puis, par un petit escalier encaissé comme dans une trappe, nous sortîmes sur la grande terrasse au carrelage vernissé, aveuglante de soleil. A l'endroit le plus proche de la rampe d'accès, d'où, exactement à la perpendiculaire, l'avocat Voltrano était allé tomber sur le tas de briques, il y avait des taches de sang.

– Parfait, dit le commissaire.

Satisfait de lui-même, content. A s'en frotter les mains.

– Et à présent il faut trouver l'objet, dit-il en regardant autour de lui, avec lequel cet enfant de putain lui a tapé dessus.

– Je pense, dis-je timidement, que l'objet en question, l'assassin l'aura jeté également par-dessus bord : et aussitôt après avoir frappé son coup, ou ses coups. Aussitôt après avoir vu l'avocat s'effondrer. Il ne pouvait tenir l'objet à la main tout en poussant dans le vide le corps de l'avocat.

– Il pouvait le poser, de crainte que l'avocat ne revienne à lui : pour s'en resservir, objecta le commissaire.

– Juste. Mais qu'il ait jeté l'objet d'abord et ensuite l'avocat ou l'avocat d'abord et ensuite l'objet...

– Dans l'un et l'autre cas, dites-vous, il aura jeté l'objet... Eh oui, il ne l'aura pas emporté dans sa chambre.

En passant de la méditation à l'action :

– Je vais vite le chercher.

– Et cherchez-le un peu plus loin que l'endroit où l'avocat est tombé, criai-je, à présent sûr de moi.

Nous restâmes sur la terrasse, Scalambri et moi, sous un soleil qui eût été féroce sans ce vent qui doucement tourbillonnait (l'agent de garde à l'escalier, lointain, donnait l'impression de dormir debout, comme les mulets); et tandis que nous regardions en bas, attendant qu'apparût le commissaire, Scalambri me dit d'un air confiant, avec condescendance :

– Moi, tu vois, ça ne m'importe guère, ou pas du tout, la façon dont s'est passé ce deuxième crime, la brique ou le moellon avec quoi Voltrano a été frappé. Ce qu'il m'importe de savoir, c'est pourquoi Voltrano a été tué. Et je le sais. Voltrano a été tué parce qu'il savait qui était l'assassin de Michelozzi et qu'il voulait le faire chanter.

– Mais cela, tu le sais dès l'instant qu'il est établi que la rencontre entre l'assassin et la seconde victime a eu lieu ici, sur la terrasse. Si Voltrano avait été attaqué dans sa chambre, et balancé par la fenêtre de sa chambre, tu n'aurais pas cette certitude.

– D'accord, d'accord : je n'aurais pas cette certitude. Mais le soupçon que l'avocat en savait plus qu'il n'a dit et voulait s'en servir pour faire chanter l'assassin, je l'ai depuis ce matin.

– Moi, ce matin, au contraire, j'ai cru qu'il était sincère : qu'il ne savait rien de plus que ce qu'il avait dit, qu'il ne se souvenait de rien...

– Il t'a paru sincère, confus, quasi mortifié du fait qu'il ne pouvait rien dire de plus, de ne pouvoir mieux se rappeler... Mais c'était un homme qui ne disait même pas la vérité sur ce qu'il avait mangé au dîner ou sur l'horaire des trains. Systématiquement. Et s'il a dit ce qu'il a dit, en feignant comme il a su feindre pour toi, non pour moi, c'est qu'il avait certainement un but. Et tu sais ce que je vais te dire? Très probablement il n'a rien vu, lui : il a inventé cette impression, fait semblant d'avoir ce vague souvenir, à la base d'un calcul qu'il aura fait immédiatement en présence de la reconstitution que nous étions en train d'opérer... Je viens de te dire que ce matin m'était venu le soupçon que l'avocat savait. Je me trompais : l'avocat ne savait rien. Mais il avait saisi que, se tenant à la gauche de Michelozzi, il avait pu remarquer quelque chose, alors il s'est figuré qu'en disant avoir eu cette impression, à savoir que quelqu'un s'était glissé entre Michelozzi et lui, ce quelqu'un, le connaissant, ferait tout pour lui effacer la mémoire; tout, c'est-à-dire acheter son silence contre des faveurs et de l'argent, comme ils ont l'habitude de faire entre eux... Il n'a pas calculé, toutefois, que dans la panique, l'assassin qui a déjà commis facilement un crime peut en commettre un autre.

– Tu le connaissais bien, il me semble.

– Très, très bien, je le connaissais très, très bien. Il m'a donné plus de mal que tous ces messieurs mis ensemble. Astucieux, perfide; et d'une ténacité, dans ses desseins les plus perfides... Un renard : et il a fini par tomber sur un loup.

– Donc, selon toi, ce matin, en disant ce qu'il a

dit, Voltrano jetait l'hameçon à l'aveuglette, sans savoir qui allait mordre.

– J'en suis à présent à peu près sûr.

– Ce matin, au contraire, tu as cru qu'il savait déjà qui allait se précipiter sur le leurre... Mais qu'il l'ait su ou non, il était possible de le tenir à l'œil, de le surveiller discrètement...

– Ce crétin de commissaire! Je le lui avais dit, que Voltrano ne me convainquait pas... De toute façon ce n'est que fortuitement, par hasard, que ce deuxième crime peut nous conduire au coupable : le vrai problème, celui où chercher les données qui nous permettraient de les résoudre tous les deux, c'est le premier. Le mobile du second est clair : le chantage. Mais c'est un mobile qui ne nous mène pas au coupable. Si au contraire nous tenons le mobile du premier, nous tenons l'assassin... Le fait est, cependant, que des mobiles, chez ces gens-là, on peut en trouver par milliers. Il y en a tant, et de si graves, que c'est miracle s'ils ne se prennent pas aux dents et ne s'égorgent pas là sous nos yeux, comme des chiens.

– Problème insoluble, donc.

– Ce n'est pas dit... Regarde : il y avait chez Michelozzi une particularité, quelque chose de différent par rapport aux autres. C'était un voleur, certes, un homme qui à une autre époque aurait mille fois défrayé la chronique pour malversation et concussion, pour corruption, pour tous les délits constatés ou prévus par les législateurs en rapport avec l'administration des deniers publics; mais pour la morale courante, pour la pratique aujourd'hui en usage, il était considéré comme d'une honnêteté à toute épreuve : et simplement parce qu'il ne volait presque rien pour lui, ou même rien. Tous ces gens-là possèdent des maisons, des villas, des exploitations agricoles modèles; ils ont des parts dans la petite, la moyenne et la grande industrie; depuis des années ils transfèrent de l'argent en Suisse, par centaines de millions, par milliards. Michelozzi, non : il ne possédait pas une maison ni un bout de terrain; il prenait pension chez des religieuses et des frères; on dit même qu'il distribuait aux pauvres une partie de son traitement... Comment faisait-il donc pour trouver les pauvres, je ne sais... Sa différence, en somme, consistait en ceci : qu'aucun de ces gens-là ne pouvait le faire chanter en menaçant de révéler ses malversations et ses corruptions, et pour le simple fait que tout le monde, je dis bien tout le monde, a tiré avantage des délits commis par Michelozzi. Le corrompu ne peut provoquer la ruine du corrupteur sans rester lui-même enfoui sous les décombres.

– Donc, si on ne pouvait le faire chanter...

– Mais on pouvait faire levier sur autre chose, solliciter l'intervention de gens influents... don Gaetano, par exemple. Car la conscience de tous ces gens-là, il la manipule et la modèle comme de la cire; et si don Gaetano avait dit à Michelozzi de faire ou ne pas faire une certaine action en faveur de celui qui s'est trouvé contraint, au lieu de cela, de commettre deux homicides...? Tiens, l'expression « au lieu de » m'est venue à la bouche : au lieu de se recommander à don Gaetano... Et n'est-il pas possible qu'avant de se décider à une action aussi extrême, aussi désespérée et pleine de risques, l'assassin ait joué la carte de la recommandation à don Gaetano?... ah! voilà enfin un point solide : don Gaetano sait tout. J'y suis, à présent.

– Et tu y resteras.

– Eh oui, je le sais : mais je dois essayer.

D'en bas – nous l'avions perdu de vue – le commissaire exultait à grands cris : il avait trouvé, et il le brandissait vers nous (chose rougeâtre qui faisait comme une corolle au milieu d'une serviette blanche), le *corpus delicti.*

Scalambri essaya. Près de trois heures durant. Il en sortit mort de fatigue, vaincu. D'après ce qu'il me raconta, don Gaetano avait éludé et neutralisé toutes ses questions en s'enveloppant d'un nuage de doctrine chrétienne.

– Comme un gaz, disait Scalambri, comme s'il

avait ouvert le robinet à gaz et que je me sois assis là à attendre que ça m'étourdisse... Hypocrite, criminel...

Mais d'un air las; il n'avait même pas la force d'être en colère. Il s'anima seulement quand le commissaire, peu avant de descendre au réfectoire, lui dit qu'il avait su qu'il y avait eu à l'hôtel, jusqu'au moment où Michelozzi avait été tué, cinq femmes : et qu'elles avaient disparu.

– Et c'est maintenant que vous me le dites? lui reprocha Scalambri.

– C'est maintenant que je viens de l'apprendre et maintenant que je vous le dis.

– D'abord, vous auriez dû le savoir. Tout de suite. A peine arrivé, insista Scalambri.

Le commissaire étendit les bras, posa la tête sur son épaule gauche : un crucifix.

– C'est une chose sans importance, dis-je pour venir en aide au commissaire. Je suis sûr qu'elles n'ont rien à voir avec les crimes; et si elles ont disparu, si on les a éloignées le soir même, sans que nous nous en apercevions, on peut seulement en déduire que don Gaetano a voulu éviter ce qui risquait de paraître un tant soit peu scandaleux, licencieux à la Boccace, dans cette affaire.

– Précisément, dit Scalambri avec un sourire méchant et vindicatif, précisément...

Il était clair qu'il allait utiliser cet argument pour convaincre don Gaetano de lui dire quelque chose sur le crime; ou simplement pour se venger. Et il ne résista pas au plaisir de l'en aviser à table. Maladresse : car don Gaetano, en apprenant que Scalambri était au courant des femmes et menaçait de faire un scandale, prit immédiatement ses mesures et se montra prêt à la contre-attaque.

Comme par une curiosité soudaine et désintéressée, Scalambri avait commencé par demander :

– Mais cet endroit, est-ce un hôtel ou bien, comment dire, une espèce de monastère, d'asile ?

– C'est un hôtel qui devient périodiquement, comme vous dites, une espèce de monastère.

– Mais je veux dire, il est géré comme un hôtel, non ?

– Que voulez-vous dire, géré comme un hôtel ?

Don Gaeteno était déjà attentif, sur ses gardes.

– Je veux dire : il est tenu d'observer les mêmes normes légales, le même règlement de police qu'observent les hôtels non gérés par des organismes ecclésiastiques ou par des religieux ?

– Je n'en sais rien, dit don Gaetano.

– Mais quelqu'un doit le savoir, j'imagine.

– Certainement.

Il fit sonner la clochette qu'il avait devant lui et, dans le silence qui se fit aussitôt, appela :

– Père Cilestri...

A sa table, celui qu'il avait appelé se leva :

– Restez, restez où vous êtes, dit don Gaetano. Dites simplement à monsieur le Procureur, qui désire le savoir, si nous sommes tenus de faire remplir des fiches à nos clients et à envoyer copie de ces fiches à la police – et baissant la voix pour s'adresser à Scalambri : car c'est bien là proprement, j'imagine, ce que vous désirez savoir?

– Nous y sommes tenus, dit le Père Cilestri.

– Merci, dit don Gaetano.

Et à Scalambri :

– Donc nous y sommes tenus; mais je doute fort que le Père Cilestri l'ait jamais fait.

– Et pourquoi?

– Comment, pourquoi? dit le ministre d'un air fâché. Mais parce qu'ici, monsieur le Procureur, nous sommes toujours entre nous : comme dans une espèce de monastère, pour reprendre votre juste expression.

– Une espèce de monastère, mais pas un monastère.

– Pas dans la forme, mais dans les faits. Nous nous rassemblons ici chaque année, en trois ou quatre fournées, pour méditer et pour prier...

Le ministre avait l'air d'avoir oublié les deux crimes. Et qui eût été assez indélicat pour les lui rappeler?

Ce fut le commissaire, après avoir constaté, en promenant son regard à la ronde, que nul n'était prêt au sacrifice, qui par ébahissement, qui par crainte.

– Deux crimes, Excellence, deux.

(Il me dit ensuite :

– Je m'en fous : dans deux mois je suis à la retraite.)

Le ministre rougit de colère, mais se contint.

– Vous, monsieur le Commissaire, votre opinion est soutenable; mais vous n'avez rien, pas une preuve, pas un indice, pour contredire la mienne. Qui est la suivante : aucun de ceux que nous sommes ici, dans cette salle, n'a commis ces deux crimes.

– C'est vous qui dites : aucun des présents, intervint Scalambri.

– Précisément : aucun des présents.

– Des présents, fit écho, intentionnellement, Scalambri.

– Des présents, répéta le ministre, mais non sans hésitation, comme s'il eût flairé un piège.

Et puis, préoccupé, il se retourna vers don Gaetano :

– Il manque quelqu'un, peut-être?

– Personne, dit don Gaetano avec une fermeté exaspérée.

Et il fixa Scalambri d'un regard qui lentement, tel un objectif, devenait en se resserrant, d'éteint qu'il semblait, aigu et rapide; et ce changement du regard était accompagné d'un mouvement de la main droite, qui ressemblait à une patte de chat jouant à sortir ses griffes et à les rentrer.

– Et puisqu'il ne manque personne, poursuivit le ministre, je maintiens et signe ma déclaration : l'assassin n'est pas parmi nous.

Du fait qu'il avait élevé la voix, et que depuis que don Gaetano avait appelé le Père Cilestri tout le monde gardait le silence pour suivre ce qui se disait à notre table, les paroles du ministre furent saluées par un chœur de « Très bien, très juste, bravo », et puis d'applaudissements frénétiques et prolongés.

Quand ceux-ci se furent calmés :

– Je suis heureux que vous partagiez tous mon opinion, dit le ministre en se soulevant de sa chaise et en faisant un quart de tour à droite et un quart de tour à gauche.

– Vous aviez peur que quelqu'un fût d'une opinion différente? dit don Gaetano d'un ton plein de raillerie.

Ce fut comme s'il avait jeté un seau d'eau glacée à la figure du ministre. Celui-ci en perdit le souffle et bafouilla, essayant de dire quelque chose, qu'il ne dit pas.

D'ailleurs, pour détourner la conversation, don Gaetano s'était mis aussitôt à dire, revenant en fait à ce dont il parlait avec Scalambri :

– Oui, je crains bien que le Père Cilestri ait toujours négligé le devoir de transmettre à la police les fiches de nos pensionnaires... Est-ce une infraction grave?

– Pour un gérant d'hôtel quelconque, extrêmement grave.

– Vous voulez dire que je ne suis pas un quelconque gérant d'hôtel? Je vous remercie.

– C'est son Excellence qui l'a dit, dit Scalambri en indiquant le ministre.

– Mais je le disais comme cela, comme mon opinion personnelle, sans savoir, sans connaître; et surtout sans la moindre intention de m'immiscer, d'interférer... Du reste je ne suis pas ministre de l'Intérieur ou de la Justice; je m'occupe de tout autre chose, Dieu merci.

– Je n'entendais pas nous accorder l'immunité, conclut don Gaetano. Plutôt, laissant de côté la très grave infraction dans laquelle nous sommes tombés, dans laquelle je suis tombé, je veux vous dire en convive et, vous me le concéderez, je l'espère, en ami, les pensées qui me sont venues quand vous avez posé votre première question *ex abrupto*; et j'emploie cette expression pour rappeler en plaisantant le genre de poursuite qu'elle désignait jadis... Jadis : hommage conventionnel et immérité à notre époque, puisque toute procédure, disons, de juctice, s'est déroulée et se déroule toujours *ex abrupto*, même délayée dans les temps et les modalités... Quand donc vous avez posé votre première question : s'il s'agissait ici d'un hôtel ou d'une espèce de monastère (et je crois qu'il aurait été plus exact de demander s'il s'agissait d'un hôtel ou du siège d'une confrérie), j'ai pensé tout de suite...

Il fit une pause, comme dans l'attente que Scalambri lui donnât la permission de continuer. Et d'être amical avec lui.

– Dites, l'encouragea Scalambri.

Mais avec une certaine inquiétude.

– J'ai pensé, voilà : nous sommes à table, à rompre le même pain et à boire le même vin; mais lui n'oublie pas qu'il est enquêteur et juge, comme moi je n'oublie pas que je suis prêtre... Quelles missions terribles que les nôtres! Terribles et nécessaires : et je dirais qu'elles sont terribles dans la mesure où elles sont nécessaires, et nécessaires dans la mesure où elles sont terribles... Nous sommes les morts qui enterrons d'autres morts... Mon Dieu!

Il se prit la tête à deux mains, les coudes appuyés sur la table et se couvrant les yeux comme pour voir au-dedans de lui une si terrible nécessité.

Cela fit un certain effet. Même sur moi, je dois l'admettre. Seul le commissaire resta à nous regarder ironiquement du coin de l'œil, don Gaetano et nous.

Lorsque don Gaetano émergea de nouveau parmi nous, laissant choir ses mains paumes en l'air, comme pour montrer ses stigmates à sa descente de croix, il dit :

– Mais de même que cela m'épouvante d'être prêtre, plus encore cela m'épouvanterait d'être juge... Les paroles du Christ sont terribles : « Ne jugez point, afin de n'être point jugés. » Cela n'interdit pas le fait de juger, mais le met en rapport direct et inévitable avec celui d'être jugé. « Ote d'abord la poutre de ton œil, et alors tu verras assez clair pour ôter la paille de l'œil de ton frère. » Et notez bien : la poutre dans l'œil de celui qui juge, la paille dans l'œil de celui qui est jugé. Est-ce qu'il n'aura pas voulu faire entendre que seuls jugent les plus mauvais, choisissent de juger, peuvent juger, en vertu de leurs fautes, de leur faute, mais après s'en être confessés et libérés?

Scalambri suivait avec une attention et une tension pénible; et pour lui accorder une trêve, comme le chat à la souris, don Gaetano fit une digression :

– La poutre : dès la première fois que j'ai lu ou entendu ce passage, toujours j'ai pensé à Polyphème aveuglé par Ulysse, à Polyphème qui s'arrache de l'œil la poutre fumante... Et qui sait s'il ne sera pas arrivé à Jésus d'entendre l'aventure d'Ulysse dans la bouche d'un chanteur ambulant ou d'un marchand... Songez au peu que nous connaissons de la vie de Jésus : comme si chacun de nous trouvait des témoignages de sa propre vie, moi de l'instant où j'ai été ordonné prêtre, vous où vous êtes entré dans la magistrature, le commissaire dans la police, le professeur – en me désignant – du jour de sa première exposition; et ainsi de suite... Et notre vie compte en effet du fait que je suis prêtre, vous juge, le commissaire commissaire et le professeur peintre : mais l'enfance, l'adolescence, les lieux où nous avons vécu, les personnes au milieu desquelles nous avons passé notre enfance, notre adolescence, notre jeunesse? Et les livres que nous avons lus, et les amours, et les tromperies? Et nous pouvons encore faire sans l'adolescence et la jeunesse : mais un homme est comme l'ont fait les dix premières années de sa vie; et nous ne savons rien de lui si nous ne savons rien de ces dix années... Naturellement la vie de Jésus n'a rien à voir avec la nôtre : ses années fulgurantes nous suffisent, celles qui ont eu des témoins; mais moi, je suis toujours fasciné par ses années d'obscurité, et elles n'ont jamais cessé d'exciter mon imagination.

Et à Scalambri :

– Votre enfance, elle a été comment? Heureuse, malheureuse? J'espère pour vous qu'elle a été malheureuse, car les enfances heureuses engendrent l'ennui, la tristesse, l'iniquité...

Et se reprenant aussitôt, en s'adressant des reproches :

– Ne considérez pas cela comme une question, et ne répondez pas. C'est un vice chez moi : quand une personne commence à m'intéresser, voilà que je lui pose des questions sur son enfance... Mais ici, c'est à vous de poser les questions, pas à moi. Je disais au contraire...

Il resta comme attendant de nous, souffleurs dans leur trou, le point où renouer le discours qu'il était en train de faire. Mais il savait très bien le retrouver tout seul. Et en effet :

– Je parlais de l'action de juger; d'interroger et de juger. Et je disais que le Christ aura voulu peut-être affirmer que seuls les méchants peuvent assumer pareil devoir; seuls les derniers êtres – en cela les premiers... Mais par charité!, ne voyez pas dans mes divagations la moindre allusion personnelle. Moi je ne sais rien de vous. Rien, absolument...

Et il dit cela en fixant Scalambri, comme si au contraire il savait tout.

– Et d'ailleurs les termes « les méchants » et « les bons », je les prononce au sens évangélique : au sens des premiers, justement, qui seront les derniers, des derniers qui seront les premiers.

Il tendit la main, lentement, la posa à plat sur celle de Scalambri. Son visage s'illumina de bienveillance, d'affection.

– Je ne sais rien de vous – et il s'arrêta sur le « rien » jusqu'à le faire devenir « tout » – mais je vous aime bien.

Scalambri, en se levant de table, avait l'air d'un autre homme. Il s'appuya même à mon bras avec une certaine pesanteur, comme mal assuré sur ses jambes. Et quand le commissaire s'approcha pour lui demander tout bas :

– Monsieur le Procureur, on s'en occupe, de cette affaire de femmes disparues?

lui, d'un ton plus haut qu'il ne fallait, au point de se faire entendre de ceux qui autour de nous, sans qu'il y parût, ne cessaient de se déplacer, répondit nerveusement :

– Et de quoi voulez-vous qu'on s'occupe? Vous ne comprenez pas que ces femmes, en admettant qu'elles se soient trouvées ici, n'ont rien à voir avec le crime et que si nous nous mettons à leur poursuite nous risquons de perdre complètement le fil?

– Quel fil? demanda le commissaire d'un air idiot. Il s'amusait.

– Mais le fil..., dit Scalambri confus, et à mi-voix. Le fil de l'argent, des intérêts, de leurs affaires, des chantages : et qui est le seul fil possible.

– Sauf que nous ne le tenons pas, dit le commissaire.

– Nous ne le tenons pas, bon, d'accord...

La voix de Scalambri eut des vibrations hystériques.

– D'accord nous ne le tenons pas : mais il faut

chercher à le retrouver, à l'attraper... J'ai déjà pris des dispositions; des collègues à moi, en plusieurs endroits, sont en train d'enquêter. Je ne dors pas, moi...

Et il m'entraîna, plantant là le commissaire. Je me retournai pour le regarder. Il était satisfait; satisfait et ricanant, le commissaire; et il me fit un clin d'œil qui voulait dire : il est mal en point, votre ami. Et pour preuve, Scalambri était en train de me dire :

– Ce crétin de commissaire : il veut me faire courir après les femmes, on n'est même pas sûr qu'elles étaient là.

– Elles y étaient.

– Ah! elles y étaient vraiment?... De toute façon, elles n'ont rien à voir là-dedans... Tu vois : moi, je me suis fait une opinion précise de ces crimes, et je crois t'en avoir parlé aujourd'hui pendant que nous étions sur la terrasse. Je tends donc à éliminer toutes les scories, tous les faits et tous les indices qui finiraient par nous fourvoyer, par nous embrouiller... Le commissaire, je ne sais si c'est de bonne foi, parce que c'est un crétin, ou par intérêt parce que c'est un crétin corrompu, veut me fourrer dans les pattes cette affaire de bonnes femmes pour me faire casser le nez dessus. Moi, au contraire, je l'enjambe et je continue.

Par charité, je ne lui rappelai pas que peu avant de passer à table, c'était lui et non le commissaire qui jugeait importantes la présence et la disparition des femmes.

– Mais j'ai l'impression que don Gaetano tient beaucoup à ce qu'on ne parle pas de ces femmes; et dans la mesure où il n'y tient pas... Pense à ce qui se passerait si l'on publiait dans les journaux que pour leurs exercices spirituels cinq de ces puissants jouissaient du réconfort de leurs maîtresses.

– A part le fait que pas un journal, je dis bien pas un seul, ne parlerait... Qu'est-ce que tu crois qu'il arriverait? Un petit nombre de gens seraient indignés, un grand nombre s'amuseraient; et l'une de ces femmes finirait par faire un film, peut-être même un film intitulé *Exercices spirituels* : elle nue, au milieu d'une centaine de visages hypocrites... Quant à moi, par contre, voici, dans l'ordre, ce qui m'arriverait : mon chef prendrait l'enquête à son compte, on me ferait avoir une promotion, on me ferait muter. Et sur ces deux crimes retomberait pour toujours la mention : « auteurs inconnus ». Tu crois que ça en vaut la peine?

– Tu comptes donc les tirer au clair, ces crimes? Trouver le coupable?

– J'espère, j'espère...

Mais sans entrain. Et passant à la curiosité, à l'espièglerie.

– Et comment étaient-elles, ces femmes? Jeunes? Belles? Et qui est-ce qui les avait amenées?

– Pas laides, et plutôt jeunes. Du type qui peut plaire à ces gens-là : un peu plantureuses, un peu voyantes, un peu vulgaires. Il y a une démarcation très nette, chez eux, entre les femmes qu'on épouse, et à qui on fait des enfants, et les femmes avec qui on pèche : et celles-ci, il faut qu'il en émane à première vue le sens du péché, à la première bouffée de parfum... Mais à qui elles appartenaient, les cinq qui étaient ici, je ne saurais le dire.

– Je veux le savoir; cela, au moins, je veux le savoir.

– Ça peut servir, dis-je de façon ambiguë.

– Ça ne servira à rien, mais je veux le savoir. Ou bien don Gaetano me le dira, ou bien je les convoque un par un.

– Je pense que si tu lui promets le silence, don Gaetano te le dira.

– Je le pense moi aussi, dit Scalambri.

Il me donna sur l'épaule une bourrade protectrice et s'en alla; sûrement à la recherche de don Gaetano.

Me voyant seul, le ministre s'approcha de moi. J'eus droit à ma seconde tape protectrice sur l'épaule de la soirée.

– Mon cher ami...

En guise de salut, mais en secouant la têta d'un air découragé, désolé; comme pour dire : nous voici en train de régler nos comptes avec les misères humaines, avec les crimes, avec les juges, avec les policiers : même nous deux, qui n'y sommes pour rien, qui sommes purs l'un et l'autre, quoique différemment. Car, dans sa conception, la pure inutilité de l'art rendait l'artiste à une pureté analogue à celle que lui donnait le fait de vivre en bon chrétien : sans que celui-ci fût mis en cause dans sa différence et dans sa supériorité.

Et j'exprimai ce qu'il mimait :

– Terrible expérience : je n'aurais jamais soupçonné, quand je me suis engagé sur la route de l'ermitage, que ce serait pour tomber dans cette espèce de cauchemar.

– A qui le dites-vous! Et moi donc, qui viens ici chaque année, comme en un lieu de recréation, d'élévation, vous pouvez imaginer si je m'attendais à une chose pareille... Deux crimes, deux vieux amis très chers assassinés en l'espace de quelques heures. Et tout le monde effleuré par les soupçons du juge, des journalistes, de l'opinion publique... Mais que dis-je, effleuré? Proprement écrasé par le soupçon. Vous avez entendu le commissaire, à table? Le métier, la déformation professionnelle, d'accord. Mais mon Dieu, un peu de considération, un peu de tact... Et non pas pour ce que nous sommes, chacun de nous, pas pour ce que nous représentons dans la vie publique : il ne manquerait plus que ça, la loi est la même pour tous... Mais, dirais-je, pour cet endroit, pour ce qui fait que nous nous trouvons ici : la méditation, la prière...

Et arrivant au point où il voulait en venir :

– J'espère que votre ami le Procureur ne voit pas les choses sous le même angle que le commissaire : car c'est vraiment le cas de parler d'angle; angle mental, angle moral...

– C'est un sphinx.

– Comment?

– Mon ami, le procureur : c'est un sphinx. Il ne laisse rien échapper de ses opinions sur les crimes, rien de ses intentions... Quand je lui demande quelque chose là-dessus, il répond en jouant les oracles.

– Tous les mêmes, ces magistrats; des oracles, oui, des oracles... Mais croyez-moi : ils ne jouent pas les oracles parce qu'ils savent quelque chose et ne veulent rien dire; mais comme on l'a toujours fait dans le métier d'oracle.

– Mais peut-être que Scalambri fait quelque chose, qu'il tient un fil.

– Vous croyez? dit le ministre en s'efforçant de prendre un air d'incrédulité ironique.

– Oui, j'ai l'impression qu'il a vraiment quelque chose en main : un indice, une information...

– Un indice, une information... reprit en écho le ministre, perdant du même coup son masque d'incrédulité ironique. Et cet indice, cette information, qu'est-ce que cela peut bien être?

– N'ayant pas connu les victimes, ne sachant rien de leur caractère, de leurs activités, de leurs intrigues, je ne suis pas en mesure de déchiffrer les oracles de Scalambri.

– Par exemple...?

Dans l'espoir que j'en eusse gardé le souvenir.

– Par exemple, il y a peu, comme nous étions en train de parler de ces crimes, il m'a dit : « Nul ne mérite d'être loué de bonté s'il n'a pas la force d'être méchant. »

– « Nul ne mérite d'être loué de bonté s'il n'a pas la force d'être méchant » : c'est bien exactement ce que vous avez dit?

– Exactement.

Et je complétai mentalement la citation : « Toute autre bonté n'est le plus souvent qu'une paresse ou une impuissance de la volonté. »

– On dirait une de ces maximes qu'on trouvait jadis dans le papier qui enveloppait les crottes au chocolat... « Nul ne mérite d'être loué de bonté s'il n'a la force d'être méchant... » Mais comme maxime, je dirai que c'est crétin : qui a la force d'être méchant est méchant.

Et ayant remis à sa place François de La Rochefoucauld, le ministre se mit en devoir de trouver un sens à une maxime aussi crétine en rapport avec l'affaire qui le préoccupait :

– Peut-être aura-t-il voulu faire allusion à ce pauvre Michelozzi, qui était bon de son naturel... Mais qu'est-ce que cela vient faire? On ne l'aura certainement pas tué à cause de sa bonté. Si tout le monde dit qu'il était bon, et je le dis moi aussi, car nous avons été très proches pendant près d'un demi-siècle, celui qui l'a tué voulait mettre fin au danger que Michelozzi représentait pour lui : il n'y a pas d'autre explication.

– Donc vous ne croyez pas qu'il ait été tué par hasard?

– Par hasard? Et comment pourrais-je le croire, après le deuxième crime?

– Mais si vous excluez le fait que le crime ait été commis par l'un de vous...

– Il n'y a pas que nous, ici. Je crois qu'il y a entre vingt et trente personnes qui vont et viennent dans l'hôtel; et ce sont celles, après tout, qu'on remarque le moins, et qui, étant là où elles doivent être, deviennent quasiment invisibles.

Je pensai aux craintes du cuisinier, et combien elles étaient fondées.

– Mais un garçon, un plongeur, une de ces ursulines ou de ces enfants de Marie qui aident à servir à table, pour quelle raison aurait-il, ou aurait-elle, tué Michelozzi, et ensuite Voltrano?

– Vous n'avez jamais entendu parler de crimes commis sur commande, de tueurs? Les choses, mon cher ami, sont d'ordinaire moins compliquées qu'elles ne le paraissent ou que nous ne les rendons.

Il me donna une autre tape sur l'épaule : de commisération, cette fois. Et il alla rejoindre un groupe des siens, sans aucun doute pour leur communiquer la maxime de La Rochefoucauld que j'avais, pour m'amuser, attribuée à Scalambri.

Je rentrai à l'hôtel au moment même où Scalambri sortait du bureau de don Gaetano. Il était satisfait, et jouissait au-dedans de lui du secret que lui avait certainement révélé don Gaetano. Il en était si béat qu'il passa à côté de moi sans me voir. J'allai droit au bureau de don Gaetano, frappai, ouvris la porte.

Don Gaetano était à sa table de travail. Il leva les yeux de sur ses papiers en disant :

– Entrez.

Les yeux et les lunettes : car levant droit les yeux, les lunettes pincées au milieu du nez, celle-ci n'étaient plus alignées avec le regard mais avaient l'air d'en constituer un autre, moins froid et moins impassible. Curieux effet, qui provenait de la réfraction de la lumière colorée d'une lampe qui se trouvait auprès de lui : une lampe à la coupe en pâte de verre, de celles qui au début du siècle venaient de Nancy et de Vienne et qu'on refait aujourd'hui partout, manifestement plus laides. Pailletée de vert, de jaune et de bleu, avec une dominante violette, la lumière se réfractait avec mobilité à travers les verres, qu'elle semblait animer; tandis que demeuraient éteints les yeux de don Gaetano.

Quiconque lira ce manuscrit, ou ce livre, s'il vient à être publié, se demandera à ce point pourquoi je n'ai plus parlé des lunettes de don Gaetano. Eh bien, je n'en ai plus parlé parce qu'il n'est pas vrai qu'elles ne m'avaient pas impressionné, la première fois que je les lui avais vu tirer de sa poche. Ou peut-être qu'alors elles m'avaient moins impressionné qu'ensuite en y pensant et en les lui revoyant. Certainement, même : car j'avais commencé à me rendre compte de l'inquiétude que ces lunettes avaient semée en moi dès l'instant où, dans ma chambre, je m'étais surpris à les dessiner. Plusieurs fois, sur la même feuille; à tel point qu'il en vint tout un champ, comme de melons : grandes, petites, à peine suggérées, sans verres, avec verres; et quelques-unes avec, derrière, les yeux sans regard de don Gaetano. Dessin étrange, entre tous ceux que je fais d'ordinaire : et quiconque l'aurait vu sans avoir lu ces pages aurait peut-être cru qu'il était né en marge d'une lecture de Spinoza, qui fabriquait des lunettes de ce genre; ou que j'avais été impressionné par les lunettes de don Antonio de Solis, dans ce portrait qui orne le frontispice de l'édition du XVIIIe siècle de son *Histoire de la conquête du Mexique*; ou que je m'étais exercé à illustrer les vers de ce poète arabosicilien sur les lunettes. Et voilà qu'à cet instant même, en écrivant, le fait de me rappeler ces images (images vraies, au sens propre, et images verbales) me surprend et ajoute de l'inquiétude à l'inquiétude. Comment se fait-il que je voie aussi nettement Spinoza dans sa boutique d'opticien, l'ombre du soir, les verres comme de petits lacs dans un paysage de manuscrits, au milieu des forêts de paroles écrites (cette écriture du XVIIIe siècle qui semble agitée comme par un vent, bruissante); que je me rappelle aussi nettement le portrait de don Antonio et les vers d'Ibn Hamdis? N'y a-t-il pas quelque chose dans les verres, dans les lunettes, qui éveille en moi, lointain et impossible à préciser, un sentiment de stupeur et en même temps d'appréhension? N'y a-t-il pas quelque chose qui ait à voir avec la vérité et la crainte de la découvrir? (Et je pense aussi à ce récit d'Anna Maria Ortese qui s'intitule justement *Une Paire de lunettes* : où il est question d'une enfant à la vue extrêmement faible, à qui on donne finalement une paire de lunettes; et chez qui la misère de la ruelle de Naples où elle vit, lui sautant soudain au visage, provoque vertige et nausée).

Les lunettes de don Gaetano, donc; et l'inquiétude qu'elles me donnaient. Etait-ce par hasard qu'il les avait du modèle de celles du diable, ou se les était-il procurées exprès? J'avais été tenté plusieurs fois de le lui demander, mais toujours j'avais résisté à cette envie.

Je restai encore ce soir-là, assis devant lui, la table à écrire entre nous, comme il m'y avait invité du geste.

– J'espère que je ne vous dérange pas, lui dis-je.

– Personne ne me dérange, jamais.

Et après m'avoir longuement examiné, mais comme d'habitude en feignant de ne pas me voir :

– Vous avez un problème? Ou peut-être voudriez-vous nous quitter?

– Je ne pourrais m'en aller, je crois; et de toute façon je suis curieux de voir comment ça va se terminer.

– Ça ne se terminera pas. Votre curiosité restera inassouvie... Vous avez un problème? Je veux dire : quelque chose que vous désirez savoir, ou me confier? En ce moment, tous les gens qui sont ici, ou bien veulent apprendre quelque chose, ou bien ont quelque chose à me confier.

– Oui, j'aurais moi aussi une chose à vous demander.

– Nous y voilà. Demandez toujours.

Et il releva ses lunettes au niveau des yeux. Pour ne pas me voir mieux, ostensiblement.

– Ce soir, à table : je ne sais à quel moment précis votre flèche est partie; mais je l'ai vue, vibrante encore, enfoncée dans le flanc de Scalambri.

– Belle image, très littéraire.

Il eut un sourire indéchiffrable, peut-être de satisfaction.

– La flèche, le flanc : belle image en vérité... Et je ne doute pas que vous l'ayez vue, cette flèche, enfoncée dans le flanc de Scalambri et encore vibrante. Je peux même admettre que je l'ai vue moi-même. Sauf que je ne l'ai pas tirée.

– Vous voulez dire, donc, que vous en avez tiré un grand nombre sans savoir laquelle irait au but ?

Il ne répondit pas.

– Le pauvre Scalambri, dis-je au bout d'un moment, ne sachant comment raccrocher don Gaetano, qui attendait que je parle ou que je m'en aille.

– Pauvre, voilà un mot qu'on emploie toujours hors de propos.

– Je n'ai pas l'impression de l'avoir employé hors de propos, chrétiennement parlant. J'ai vu un instant Scalambri nu et blessé; et par conséquent, un instant, pauvre. Vêtir les nus, visiter les infirmes... Ou je me souviens mal?

– Chrétiennement parlant... Donc vous parlez chrétiennement.

– Je me fais l'avocat du diable.

– Rôle intéressant : je l'ai rempli, à proprement parler, une fois. Dans un procès de béatification. Divertissant, même... Quoi qu'il en soit, vous avez bonne mémoire : vêtir les nus, visiter les infirmes... Mais il y a cinq minutes, Scalambri était assis là où vous êtes : entièrement vêtu et en excellente santé... Il me faisait chanter.

– Sérieusement? dis-je, feignant l'incrédulité.

– Ne faites pas semblant de ne pas savoir ou, si vous ne savez pas, de comprendre.

– Vous avez raison, mais était-ce, à proprement parler, un chantage?

– Pas à proprement parler. Si ce n'est qu'en m'assurant à nouveau de son silence au sujet de cette affaire de femmes, il voulait que je rompisse le mien : en témoignage de courtoisie pour répondre à une courtoisie, sinon en signe de reconnaissance.

– Et vous?

– J'ai été reconnaissant.

– Plus que courtois, donc.

– Les cinq noms, n'importe qui aurait pu les lui apprendre, ici. Et en plus, je lui ai donné cinq histoires. Votre ami s'en est régalé. Il était comme un chien à qui on lance finalement un os à nettoyer : il ronronnait de satisfaction, de jouissance.

– Il n'est pas mon ami. S'il l'était, je ne pourrais partager votre mépris.

– Ah! vous le méprisez? Moi pas. Ce n'est pas du mépris que j'éprouve. Je n'ai en ce qui concerne votre ami (excusez-moi : monsieur le

Procureur) aucun sentiment, comme je n'en ai aucun à l'égard d'une roue ou d'un ressort quelconque de cette pendule.

Il fit voir celle qui était sur sa table.

– Mais vous en avez à l'égard de la pendule.

– Je ne dirais pas cela. A moins qu'on ne veuille appeler sentiment le dépit que j'éprouve quand je veux savoir l'heure et que je m'aperçois que la pendule est arrêtée.

– Juste le contraire de ce qui se passerait avec Scalambri si, le regardant pour constater qu'il est arrêté, on s'apercevait qu'il marche, au contraire. Qu'il marche, je veux dire, vers le coupable de ces deux homicides.

– Vous allez me répéter ce que vous m'avez dit hier : que je devrais aider Scalambri à résoudre le problème. Mais c'est le problème de Scalambri, pas le mien.

– Professionnellement, c'est le problème de Scalambri, professionnellement seulement. Si nous étions ici dans l'isolement le plus absolu, hors de toute juridiction, vous ne croyez pas que nous serions obligés d'inventer entre nous la loi que Scalambri représente et de poursuivre le coupable?

– Le contraire est possible : que nous devenions tous coupables l'un par rapport à l'autre. Et en vérité ce que vous appelez l'invention de la loi n'est autre que ceci : tous devenir coupables. Mais laissons de côté ce sujet, qui nous entraînerait trop loin... Nous ne sommes pas isolés, nous ne sommes pas hors de toute juridiction : votre ami Scalambri est là, il possède l'autorité et tous les moyens pour résoudre le problème... Et cette fois-ci je ne vous demanderai pas de m'excuser d'avoir dit « votre ami » : que vous le méprisiez ou non, il est de votre côté, vous ne pouvez être que de son côté.

– C'est vrai. Je ne puis être que de son côté. Vous, au contraire...

– Je ne puis être d'aucun côté. J'attends que tout s'accomplisse.

– C'est-à-dire que tout ne s'accomplisse pas.

– De votre point de vue, oui; que tout ne s'accomplise pas. Mais du mien... Vous rappelez-vous l'évangile de saint Luc? L'avez-vous jamais lu?... « Je suis venu apporter le feu sur la terre, et comme je voudrais que déjà il fût allumé! Je dois recevoir un baptême, et quelle n'est pas mon angoisse jusqu'à ce qu'il soit consommé! »

– Quel baptême attend-il?

– La douleur, la mort : il n'y en a pas d'autre.

– Mais pour attendre ce baptême, qu'est-il besoin de tout cela? Quel besoin de construire un hôtel, de l'administrer, de faire et d'administrer d'autres choses? Quel besoin ont tous vos amis de gouverner, de commander : avec votre bénédiction sinon tout simplement par votre mandat?

– Cette fois-ci, c'est à moi de protester : ce ne sont pas mes amis. Mais eux aussi sont le feu qui s'allume. Et pour autant que je les méprise, en même temps je les aime : « Comme je voudrais qu'il fût déjà allumé! »

– Il faut donc détruire.

– Il n'est pas d'autre voie, pas d'autre salut. Détruire, détruire... Notre plus grande erreur, la plus grande erreur qui ait été commise par ceux qui ont gouverné, ou cru gouverner, l'Eglise du Christ, a été celle de s'identifier, à un certain moment, avec un type de société, avec un type d'ordre. C'est une erreur qui a la vie dure, même s'ils sont nombreux aujourd'hui ceux qui commencent à être conscients que c'est une erreur. Approximativement, je puis vous le dire en une phrase : le XVIIIe siècle nous a fait perdre la raison, le XXe nous la fera retrouver. Mais que dis-je, nous la fera retrouver? Ce sera la victoire finale, le triomphe.

– La fin.

– De votre point de vue, oui : la fin... Mais ce sera l'époque, ou du moins le commencement de l'époque la plus chrétienne que le monde puisse connaître... Tout y contribue, tout nous y aide; même tout ce que ceux d'entre nous qui ont perdu la raison ou qui ne l'ont pas encore retrouvée croyaient et croient ennemi... La science nous aide, la satiété nous aide; comme nous aident encore, bien entendu, l'ignorance et la faim... Pensez donc : la science... Nous l'avons tant combattue! Et pour finir, qu'on regarde de près la cellule, l'atome, le ciel étoilé, qu'on leur arrache quelque secret; qu'on divise, qu'on fasse exploser, qu'on envoie l'homme se promener sur la lune : que fait-on, si ce n'est multiplier l'épouvante qu'éprouvait Pascal face à l'univers?

– Je n'ai pas l'impression qu'il soit saisi de cette épouvante cosmique, l'homme d'aujourd'hui. Au contraire.

– Il est tellement affairé à déplacer les frontières, comme après une guerre victorieuse, qu'il ne s'en aperçoit pas encore; mais les lézardes sont déjà là, par où s'insinuera l'épouvante. Et l'épouvante cosmique ne sera rien face à l'épouvante que l'homme aura de lui-même et des autres... Vous vous rappelez? « Et sans cesse je le contredis, jusqu'à ce qu'il comprenne qu'il est un monstre incompréhensible »; et du fait qu'aujourd'hui Dieu nous contredit comme jamais...

– ... Nous fuyons Dieu.

– On ne fuit pas Dieu; cela n'est pas possible. Fuir Dieu c'est marcher vers Dieu.

Et il dit cela avec un je-ne-sais-quoi de désespéré, ou c'est ce qu'il me parut : car ôtant alors ses lunettes et fermant les yeux comme de fatigue, son visage prit une expression de fragilité et d'éloignement qui me fit penser à un homme qui aurait vieilli en prison et se rappellerait qu'il avait un jour tenté de s'évader.

Les yeux encore clos (soit qu'il eût lu dans mes pensées, soit que ce fût moi qui eusse lu dans les siennes), il dit :

– L'évasion...

Il rouvrit les yeux, se pencha vers moi par-dessus la table.

– On a dit que le rationalisme de Voltaire avait un fond théologique aussi incommensurable à l'homme que celui de Pascal. Je dirais même que la candeur de Candide vaut exactement ce que vaut l'épouvante de Pascal, si ce n'est carrément la même chose. Sauf que Candide trouvait finalement un jardin à cultiver... « Il faut cultiver notre jardin... » Impossible : il y a eu expropriation générale et définitive. Et peut-être peut-on aujourd'hui récrire tous les livres qui ont été écrits; et même on ne fait rien d'autre, les rouvrant avec de fausses clés, avec des crochets, et, permettez-moi un jeu de mots banal mais pertinent, avec des pieds-de-cochon[1]. Tous les livres. Sauf *Candide*.

– Mais on peut le lire.

Il eut un geste d'insouciance.

– Lisez-le.

Et vivement :

– Il faut le lire, même : pour se rendre compte qu'il est seul et n'a pas de salut.

Et doucement :

1. Signifie pied-de-biche en italien (*N.d.T.*).

– Mais pourquoi voulez-vous réprimer en vous tout ce qui vous porte vers nous? Pourquoi vouloir vous contredire vous-même?

– Parce que vous me contredisez, parce que votre Dieu me contredit. Je ne suis pas un monstre incompréhensible.

Je me levai. Pour une fois je voulais que ce soit moi qui le quitte.

– Bonne nuit, dis-je.

Il ne me répondit pas.

En sortant du bureau de don Gaetano, je montai à ma chambre sans perdre une minute : le temps de traverser le corridor et le hall d'entrée, d'appeler l'ascenseur, de monter, de franchir presque deux côtés du carré que formaient les couloirs à chaque étage, d'ouvrir, d'allumer la lumière, d'entrer. Je répète mes mouvements comme je me les rappelle, et je crois me les rappeler exactement. Mais peut-être, préoccupé, aurai-je passé plus de temps à attendre l'ascenseur que je ne parviens à l'évaluer dans mon souvenir : car comment expliquer autrement le fait que sur le guéridon, se détachant sur les feuilles à dessin, se trouvait un livre à reliure noire, cette reliure que les Français appellent janséniste. Il n'y avait rien d'inscrit sur le plat ni au dos mais je savais, avant de l'ouvrir, que c'étaient les *Pensées* de Pascal. Comment don Gaetano avait-il fait pour le faire parvenir dans ma chambre avant que j'y arrive? Cela ne pouvait s'expliquer que par une perte de temps, je le répète, inconsciente de ma part. Ou bien il l'avait fait porter avant : et c'était une explication encore plus inquiétante.

J'ouvris le livre au frontispice, puis là où se trouvait le mince ruban noir du signet. Mon regard tomba naturellement sur la page de droite, qui commençait avec le numéro 460, numéro de la pensée et non de la page (et je laissai mon esprit divaguer un moment à la pensée de ces pensées numérotées, me demandant si toutes les pensées, celles de chacun et de tous, écrites, dites ou seulement pensées n'étaient pas des numérotations et des numéros avalés, assimilés et calculés par une machine immense et invisible). Je la lus, la pensée 460 : « La vraie nature étant perdue, tout devient sa nature; comme, le véritable bien étant perdu, tout devient son véritable bien. » Et puis les autres, jusqu'à la 477.

Le signet était-il à cet endroit-là par hasard, ou est-ce que don Gaetano l'y avait placé pour moi?

Je ne voulus pas y penser, ni poursuivre plus avant la lecture. Je fermai le livre et le mis de côté. Et je commençai à dessiner. Comme il s'agissait du dessin à offrir à Scalambri, je fis un nu de femme aussi obscène et déplaisant que possible : parce que, connaissant Scalambri comme je croyais le connaître, je savais qu'il le vendrait pour s'en défaire; et qu'à proportion de la somme qu'il en tirerait, l'estime et l'envie qu'il éprouvait sans aucun doute à mon égard s'en trouveraient accrues.

Or pour moi, dessiner, une fois fixé le thème ou l'objet, est un acte tellement automatique qu'on dirait que la main et les yeux s'éloignent et restent à l'écart, fonctionnant pour leur propre compte et allégeant mon esprit comme d'un poids, comme d'une scorie. Pensant, tout en dessinant, à tout autre chose qu'au dessin, mes pensées se font plus exactes et lucides, bref, mieux enchaînées; et ma mémoire plus claire et plus prompte. Et ainsi, en dessinant le nu pour Scalambri, je développai une hypothèse qui m'était venue à l'esprit après le premier crime; je la développai, je veux dire, comme le chevalier Charles Auguste Dupin développe les siennes dans les récits d'Edgar Poe. Tandis que ma main et mes yeux vagabondaient sur la feuille, mon esprit errait sur le terrain face à l'hôtel, un demi-cercle d'une centaine de mètres de profondeur en direction du bois. J'en voyais chaque pierre, chaque anfractuosité, chaque arbre : comme si j'avais été à la fenêtre de ma chambre, et en plein jour. Mais je ne veux rien dire de plus. Je m'arrêtai de dessiner lorsque j'eus l'impression d'avoir résolu le problème. Très élaboré, le dessin, très chargé, quelque peu tarabiscoté; mais la solution du problème, nette et quasi évidente; très semblable à celle de la *Lettre volée* de Poe. Et remettant au lendemain la vérification, je me mis au lit et m'endormis presque aussitôt.

Le lendemain, la première personne que je rencontrai fut le commissaire. Il était dans le hall, dans un fauteuil, en train de feuilleter les journaux. Avec une ironie pleine de sous-entendus, il me communiqua :

– Nous tenons le fil.

Il m'invita d'un geste à m'asseoir près de lui.

– Et ce fil, quel est-il?

– Ce que cherchait le procureur. Mais que dis-je, le fil? Des milliers de fils, tout un écheveau... Gros comme ça – il en montra le volume du sol à la hauteur de son genou – de photocopies de chèques. Tous signés de Michelozzi, sur les fonds spéciaux ou secrets dont il disposait... Le procureur va en devenir fou...

Et il se pourlécha avec délices à l'idée de voir Scalambri devenir fou.

– Mais ce sont des chèques en faveur de quelqu'un qui se trouve ici?

– De quelqu'un? De tout le monde. Il n'y en a pas un qui n'ait eu sa part.

– Et alors?

– Et alors, de tous ces chèques, on peut tirer des centaines de petits procès pour malversation, concussion, détournement de deniers publics; ou un seul énorme procès. Mais pour homicide, jamais.

– C'est ce que je crois aussi.

– Le procureur, au contraire, est convaincu que la clé du premier crime, et par là même du second, il la trouvera dans ces chèques... Non que son raisonnement ne tienne pas debout du tout; mais la difficulté d'en faire la vérification est telle, que c'est du pareil au même... Lui, voilà comment il raisonne : Michelozzi donnait de l'argent à ces types-là non pour qu'ils aillent le dépenser avec des femmes ou courent le porter en Suisse; il le donnait pour le Parti, pour les courants dans le Parti, pour les sections, les clientèles, les clients individuels; l'un d'eux, au contraire, aura tout gardé pour lui, au lieu d'une fraction plus ou moins importante, comme il est d'usage; Michelozzi, qui le savait ou s'en doutait, l'aura menacé...

– Menacé de quoi? Il ne pouvait le dénoncer.

– Menacé de ne plus lui en donner.

– Il en aurait trouvé ailleurs.

– C'est ce que je dis moi aussi... Il y a tout de même quelque chose de crédible dans l'hypothèse du procureur : mais à condition de la faire dévier vers un autre terrain... Moi, je dis : et si Michelozzi s'était aperçu que l'argent qu'il refilait à un de ces types servait à financer le désordre, l'assassinat? Ou bien : si c'était lui qui l'avait financé consciemment et à présent avait voulu se retirer, abandonner une partie devenue trop périlleuse?

– L'hypothèse devient plus sensée de cette façon; mais en nous tenant à la première supposition, car on dit que Michelozzi aimait son prochain comme lui-même.

– Excusez-moi, mais vous ne savez pas de quoi sont capables tous ces cafards, ces gens qui ont toujours le livre de messe à la main, ces gens qui disent aimer leur prochain comme eux-mêmes... D'ici deux mois, et j'ai l'impression de ne pas en voir le bout, j'aurai accompli trente années de service dans la police : eh bien les crimes les plus féroces sur lesquels je sois tombé, les plus rationnels, les plus difficiles à découvrir, comme aussi les plus déraisonnables et les plus faciles, ont été commis par des gens qui avaient les genoux comme ça – il modela comme une grosse miche – à force de rester derrière la balustrade du chœur et la grille du confessionnal... Et certains, bien sûr, pour le sexe; mais la majeure partie, croyez-moi, pour l'argent; et presque toujours pour de l'argent à hériter de leur prochain le plus proche.

Il se leva.

– Je vais voir quel fil le procureur a réussi à tirer de l'écheveau... Vous voulez que je vous laisse les journaux?

– Non merci : je vais faire une petite promenade dans le bois.

Et j'y allai, mais pour y faire cette recherche dont j'avais la veille, c'est le cas de le dire, formé le... dessein.

Nous nous retrouvâmes tous au réfectoire pour le déjeuner. Don Gaetano, on ne pouvait dire qu'il fût joyeux, car il ne l'avait peut-être jamais été de sa vie, mais il avait un je-ne-sais-quoi de réjoui, comme s'il avait préparé une bonne farce à l'intention de l'un d'entre nous, ou de nous tous, et attendait qu'elle se déclenche. Scalambri était épuisé, les yeux rougis; et n'avait pas tellement envie de parler. Le matin, je lui avais fait porter le dessin dans sa chambre. Il m'en remercia sèchement : il ne lui avait certainement pas plu. Le commissaire le couvait d'un regard mi-railleur mi-compatissant, et tournait fréquemment les yeux vers moi comme pour dire : regardez-le, comme il est fourbu, à dépelotonner cet écheveau sans queue ni tête. Et le ministre avait l'air plutôt sombre : parmi les chèques de Michelozzi, je l'appris plus tard, Scalambri en avait trouvé un à son ordre; et il lui avait demandé des explications. Plus sombre encore la mine de l'autre commensal, président de la banque sur laquelle Michelozzi tirait les chèques : et Scalambri l'avait retenu une paire d'heures à le cuisiner sans rien en tirer d'autre que la haine dont le président le foudroyait.

Don Gaetano saisit l'occasion, pour amorcer la conversation, des remerciements que me fit Scalambri pour le dessin.

– Le dessin qu'il vous a offert, demanda-t-il à Scalambri, qu'est-ce qu'il représente?

– Un nu, un nu de femme.

– Ah, fit Gaetano. Comme pour dire : c'est tout?

– Un nu laid, dis-je comme pour me justifier.

– Ah!

Et cette fois, comme pour dire que ça allait un peu mieux.

– Mais très bien dessiné, dit Scalambri par pure courtoisie.

– Mais sans aucun doute : vous voulez qu'à son âge, avec son expérience, avec sa valeur, le professeur ne dessine pas bien? Il ne peut dessiner que très, très bien; toujours, et quoi qu'il fasse, dit don Gaetano.

Et à moi :

– Pour moi, il me semble m'en être déjà excusé, je n'ai vu que peu de choses de vous; et presque toujours en reproduction. Mais d'après le peu que j'ai vu... Et je serais curieux de savoir :

avez-vous jamais peint ou dessiné quelque chose qui ait à voir avec notre religion? Un Christ, une Madone, un saint; ou que sais-je, une fête, une église...?

– Une Madeleine, il y a pas mal d'années.

– Bien sûr, une Madeleine... Et vous l'avez faite comment?

– Je l'ai faite...

– Non, attendez; laissez-moi deviner... Vous l'avez faite sous les traits d'une prostituée au rancart : vieille, déformée, piteusement et grotesquement fardée.

– Vous avez deviné, dis-je d'un air hargneux.

– J'en suis heureux, cela veut dire que j'ai compris quelque chose de vous.

Et comme si, ayant répondu avec exactitude à la première question, je pouvais subir la suite de l'examen :

– Et ça ne vous tenterait pas, l'idée de peindre un Christ, ici, pour nous, pour notre chapelle? Et notez que j'emploie le verbe tenter.

– Ça ne me tente pas, dis-je d'un air dur.

Mais voyant don Gaetano enchanté de ma dureté comme d'une réaction positive, je passai sur un autre registre :

– Après Redon, après Rouault... Non, ça ne me tente pas.

– Vous avez raison, dit don Gaetano, mais en sachant, je crois, qu'il m'irriterait en me donnant raison : après Redon, après Rouault... Pour ne pas reculer davantage dans le temps : jusqu'à Grünewald, jusqu'à Giovanni Bellini, à Antonello da Messina... Pour moi, une des plus inquiétantes images du Christ est celle d'Antonello qui se trouve aujourd'hui, me semble-t-il, au musée de Plaisance : ce masque de souffrance obtuse... Terrible... Mais à notre époque, oui, sans doute : Redon et Rouault... D'une très grande élévation, le *Miserere* de Rouault, d'une passion qui ne ferme pas, mais annonce... je veux dire : quelqu'un pourrait croire aussi qu'avec Rouault est close l'histoire de la passion, disons christologique, de l'humanité, qu'elle en est la dernière voix, le dernier souffle; alors qu'elle s'ouvre et s'avère toute neuve... Mais Redon... Tenez, Redon n'est pas moins inquiétant qu'Antonello, mais dans un autre sens... Et je parle, bien sûr, du Christ qui est dans la troisième série de sa *Tentation*... On a l'impression, très forte, bouleversante, que c'est seulement à travers une révélation, une apparition, que Redon a pu dessiner comme il l'a fait le visage du Christ; que le Christ, donc, a vraiment eu ce visage et qu'une fois seulement, à des siècles de distance, il l'a révélé à Redon... Pas aux apôtres, pas aux évangélistes : car il voulait de toute évidence qu'ils oubliassent son visage. Pourquoi?... Je vous le demande parce que vous en savez certainement plus long que moi sur Redon.

– Je ne sais pas... Peut-être parce que Redon

avait toujours refusé de regarder ce qui était nu.

– Ce qui était nu?

– C'est ce qu'il disait : « *Je ne regarde jamais ce qui est nu*[1]. »

– Parce qu'il allait toujours au-delà du nu, comme les rayons X.

Chose étrange, j'avais toujours eu, devant le Christ de Redon, une sensation semblable à celle que don Gaetano venait de préciser. Mais je dis :

– Ce que vous dites n'a de fondement que dans un fait assez insignifiant, qui peut-être relève davantage de la vanité que de l'inspiration mystique : Redon a voulu, simplement, faire un Christ différent.

– Mais si différent, et d'une telle intensité... Quoi qu'il en soit : vous ne voulez pas essayer, ou vous ne vous en sentez pas, de nous donner une image du Christ qui soit de vous?

– Je ne m'en sens pas, mais je veux.

– Ah vous voulez... Magnifique. Nous verrons.

Et comme s'il venait seulement de s'apercevoir que les autres s'ennuyaient, il changea de conversation.

– Je vous trouve fatigué, monsieur le Procureur.

– Eh oui, soupira Scalambri.

1. En français dans le texte.

– Et vous, reposé, monsieur le Commissaire. Avec malice.

– Pour sûr, dit Scalambri d'un ton aigre.

– Je ne puis en conclure que vous soit pénible, dit-il à Scalambri, ce que le commissaire fait avec joie : mais le commissaire...

– Le commissaire, dit le commissaire, s'en va dans deux mois; et voilà qui explique sa joie.

– Il s'en va?

– Il quitte la police. Prend sa retraite. A la campagne.

– Heureux que vous êtes, se félicita le ministre.

– Parce qu'il quitte la police? demande don Gaetano au ministre, avec un sourire ironique.

– Mais non, je ne me permettrais pas : j'ai tant de respect, tant d'admiration, pour notre police... Non, parce qu'il va à la campagne.

– C'est un bonheur facile à se procurer : et particulièrement pour vous, et pour monsieur le président...

Le président sursauta légèrement.

– Le commissaire est obligé d'attendre deux mois, tandis que vous, vous pouvez le faire tout de suite.

Le ministre et le président prirent un air plus sombre encore. Je crois qu'ils pensèrent que don Gaetano voulait faire allusion aux chèques que détenait Scalambri et qui peut-être les contraindraient à démissionner. Et peut-être don Gaetano voulait-il proprement y faire allusion. Comme un seul homme ils s'écrièrent :

– Plût au Ciel!

– Il est difficile d'en sortir? On vous retient par la force? demanda don Gaetano en feignant la candeur et l'étonnement.

– Mon Dieu, pas vraiment par la force, non, répondit le ministre. Toutefois, il n'est certainement pas facile d'en sortir.

Le président fit signe que oui à plusieurs reprises.

– Surtout à présent, dit don Gaetano, de façon ambiguë.

Voulait-il dire : on va vous mettre à la porte tout de suite, ou bien partirez-vous avant d'avoir rendu compte de ce que vous avez fait avec Michelozzi? Le fait est qu'il lançait des allusions. Et qu'il s'amusait.

Le ministre trouva la force de donner un sens différent aux paroles de don Gaetano.

– Certainement, surtout en ce moment : s'en aller quand les choses vont mal, ce serait une fuite, une défection.

– Une trahison, précisa don Gaetano d'un ton ironique.

– Et pour aller mal, il n'y a pas à dire, mais elles vont vraiment mal, intervint le commissaire.

– N'exagérons pas, dit le ministre.

– N'exagérons pas, dit en écho le président.

– N'exagérons pas, dit Scalambri comme pour donner à cette déclaration l'estampille officielle.

– Bref : elles vont mal, ou pas? demanda à tous les trois don Gaetano.

– Suivant les points de vue, répondit le ministre.

– Du point de vue, dit le commissaire, de celui qui garde les mains dans ses poches, elles vont très mal.

Il se fit un silence : comme entre des gens bien élevés qui découvrent parmi eux la présence d'un malappris. Puis le président :

– Le problème n'est pas de garder les mains dans ses poches ou dans celles des autres; le problème est...

– ... de pouvoir continuer, complétai-je, le tour d'adresse qui consiste à tirer encore quelque chose des poches des autres. C'est-à-dire, d'y trouver encore quelque chose.

– L'Etat n'est pas un pickpocket, dit le ministre avec indignation.

– Mais messieurs, dit don Gaetano au ministre et au président, j'espère que vous ne m'infligerez pas la douleur de me dire qu'il y a encore un Etat... A mon âge, et avec toute la confiance que j'ai eue en vous, ce serait une révélation insupportable. J'étais si tranquille qu'il n'y en eût plus.

Le ministre et le président échangèrent un rapide regard et décidèrent immédiatement de prendre la chose comme une facétie. Ils rirent, et riaient encore quand nous nous levâmes de table.

Je rentrai à l'hôtel tard dans l'après-midi; et allai directement dans ma chambre, car il m'était venu une idée pour le Christ que j'avais promis à don Gaetano. Non pas précisément promis, mais que je pouvais désormais considérer comme une promesse à tenir.

Je dessinai pendant une heure ou deux, la main à peine un peu plus nerveuse qu'à l'ordinaire; mais sans que sur la feuille un seul trait se brise ou s'emballe, si imperceptiblement que ce soit. Seulement une rapidité inhabituelle et quasi rythmique, comme dictée par un tempo musical lointain et secret. Tempo qui ne voulait pas devenir thème ou phrase; mais se dissolvait et trouvait satisfaction dans les signes qui couraient sur le papier, dans les pensées et les images qui plus fiévreusement encore me parcouraient l'esprit. Et les pensées et les images n'avaient pas trait, comme il m'arrivait d'ordinaire en dessinant, à des choses n'ayant rien à voir avec ce que j'étais en train de tracer et d'ombrer crûment (à ne pas confondre avec ce qu'on appelle ombrer dans les écoles de dessin, si tant est qu'il y en ait encore).

A un moment donné j'entendis dans l'hôtel, jusque-là silencieux, sourdre et s'élever, comme une spirale montée du hall d'entrée en tournant par les corridors, d'un étage à l'autre, un brouhaha animé, des claquements de portes et des bruits de pas. Mais je ne bougeai pas avant que le bruit ne commence à refluer vers le hall et à s'y coaguler en un bourdonnement ininterrompu et croissant.

La foule dans le hall était dense, comme le lendemain du premier crime. Avec des cris hystériques, tout le monde s'interrogeait, on se demandait l'un à l'autre :

– Où? Quand? Comment?

Quelqu'un avait trouvé mort don Gaetano : mais on ne savait si c'était dans sa chambre, dans son bureau ou dans la chapelle ou dans le bois. Finalement on cria de dehors :

– Dans le bois, au vieux moulin, et le troupeau sortit sur l'esplanade, s'éparpilla, puis se resserra en entonnoir pour enfiler le chemin qui menait au vieux moulin.

J'y allai moi aussi : le dernier, fermant la marche de cette file plutôt grotesque d'hommes entre deux âges qui couraient presque, haletant et trébuchant, sur le sentier. Et j'entendais ceux qui étaient devant moi se demander le souffle coupé si don Gaetano avait été tué ou était mort de mort naturelle. Comme si la mort, et don

Gaetano aurait dû le leur enseigner, n'était pas toujours et de toute façon naturelle.

Il avait été tué. Au vieux moulin, qui était donc celui dont il restait la meule de pierre. Et la meule, d'où il avait glissé, lui servait à présent de dossier.

Cela ne me fit pas grande impression de le revoir mort. La mort, qui même aux imbéciles confère une solennité, en avait un peu soustrait à don Gaetano. Il avait les traits décomposés et semblait désarticulé. Les jambes, ouvertes presque à angle droit, tendaient la soutane; laquelle, avec le glissement du corps, s'était retroussée et laissait voir des chaussettes blanches de grosse laine. Et ces chaussettes attiraient le regard comme un aimant, et parce qu'elles se détachaient entre le noir des chaussures et le noir de la soutane, et parce qu'elles étaient d'hiver alors qu'on était en plein été. Quittant les chaussettes, l'œil s'arrêtait, le mien du moins, sur les lunettes qui, suspendues au cordon attaché à la poitrine, avaient glissé sur une racine où elles formaient un angle curieux par rapport à un rayon qui venait les frapper à travers le feuillage. On aurait dit le détail d'un tableau de peintre caravagesque mineur. Et je dis mineur parce que tout, chez don Gaetano mort, et autour de lui, était mineur; je veux dire diminué, réduit, humble : en comparaison de ce qu'il était de son vivant.

A peu de distance de sa main droite, il y avait

un pistolet : court, à barillet. Si proche de la main que quelqu'un, près de moi, demanda s'il s'était suicidé.

– Mais, répondis-je, cela vous paraît possible?

– Les nerfs qui lâchent, ça arrive à tout le monde, dit l'autre, piqué.

Et cette façon de le mettre sur un pied d'égalité avec tout le monde, de la part d'un de ses dévots, me sembla confirmer mon impression que la mort, à ce moment-là du moins, et dans cette scène, avait dégradé don Gaetano.

Nous nous étions tous arrêtés, en demi-cercle, à une dizaine de pas de don Gaetano et de Scalambri et du commissaire qui se tenaient à ses côtés et l'examinaient comme s'ils eussent attendu de lui un signe de vie, un réveil.

Je traversai cet espace et m'approchai de Scalambri. Avec un ricanement de satisfaction dans la défaite, comme si une de ses prévisions se fût réalisée, mais à ses dépens, comme un surcroît de responsabilité et de fatigue, il me dit :

– *Omnia bona trina*[1].

Son latin.

Il fut soudain pris d'inquiétude à l'idée que la phrase pût avoir un accent de satisfaction

1. Jamais deux sans trois (*Littéralement* : toutes les bonnes choses vont par trois). (*N.d.T.*).

authentique et véritable, sans cet apitoiement sur lui-même qui l'avait suscitée.

– Je veux dire : nous sommes dans un beau pétrin.

Mais c'était encore trop beau que de dire beau.

– Un sale pétrin, un affreux pétrin.

Et il se remit à examiner le mort.

– Ce qui m'intrigue... dit le commissaire, comme en se parlant à lui-même, absorbé dans la contemplation du pistolet. Et il laissa la phrase en suspens.

– Qu'est-ce qui vous intrigue? demanda Scalambri.

A la limite de l'endurance; comme pour dire que ce que pensait le commissaire, ses hypothèses, ses soupçons, l'entravaient plus qu'ils ne l'aidaient.

– Le pistolet, dit le commissaire.

– Qu'est-ce qu'il y a, dans ce pistolet?

Sur le même ton exaspéré.

– Dans le pistolet, rien. Mais dans le fait que nous l'avons trouvé, qu'on nous l'a fait trouver, quelque chose, oui. Quelque chose qui fait réfléchir.

– Et vous croyez que c'est la peine de le dire *coram populo?*

– En fait, je ne l'avais pas dit; je n'ai fait que répondre à votre question.

Au lieu de riposter, comme ce n'était pas

possible, Scalambri prit une décision qui parut soudaine et qui peut-être ne l'était pas. Se retournant vers ceux qu'en son latin il avait nommés le peuple, il dit :

– Je vous prie, messieurs, de retourner à l'hôtel. Et de vous préparer à le quitter d'ici ce soir.

Il y eut un brouhaha de protestation.

– C'est une mesure qui s'impose : pour votre sécurité, pour ma responsabilité...

– Juste, dit le ministre. Peut-être aurait-il fallu y penser un peu plus tôt.

Scalambri ne releva pas le reproche. Mais avec plus d'autorité et un soupçon de colère, il répéta :

– Il faut que l'hôtel soit évacué d'ici ce soir; il ne doit y rester personne, pas même le chat.

– Le chat... dit le Père Cilestri en se détachant des autres et en s'approchant de Scalambri, il n'y a pas de chat, nous avons toujours utilisé des raticides...

On ne comprenait pas s'il voulait démonter Scalambri ou si, douloureusement surpris, il prenait l'expression à la lettre.

– Mais moi, et les autres prêtres qui sont avec moi...

– Tout le monde, dit Scalambri, tout le monde... Je ferme l'hôtel, mon père, je le ferme et j'y fais mettre les scellés.

Et adoucissant le ton :

– Je vous en prie, messieurs : allez préparer vos valises... Nous avons à travailler, ici.

Ils s'en allèrent, ministre en tête.

En fait de travail, seul s'activait le photographe. Puis vint le médecin. Puis vinrent deux hommes avec une civière de toile, ils y étendirent don Gaetano, l'emportèrent. Les lunettes pendaient sous la civière, se balançant au pas des porteurs.

Je les suivis jusqu'à la fourgonnette, qui était devant l'hôtel. Puis je montai dans ma chambre, pour me préparer au départ.

Les valises, j'avais seulement à les fermer. J'eus un instant d'indécision, me demandant si j'emportais ou si je laissais le livre que don Gaetano m'avait fait parvenir la veille au soir. Je le laissai, auprès du Christ que j'avais dessiné.

Il ne faisait pas encore noir, mais l'hôtel tout illuminé donnait, sur l'esplanade, la sensation, justement, que toute cette lumière appelait la nuit à se dévider autour de nous. Une voiture s'en allait déjà. Scalambri et le commissaire assistaient à l'exode. Je m'approchai.

– Tu as eu vite fait, constata Scalambri en regardant mes valises.

– Il est pressé de quitter cet enfer, c'est naturel, dit le commissaire.

– Si on avait continué à rester tous ici, dit Scalambri, ça aurait fini comme dans le roman d'Agatha Christie : tous tués l'un après l'autre. Et il aurait fallu en ressusciter un pour trouver le coupable.

– On ne le trouvera pas, le coupable; on ne le trouvera jamais, dit mélancoliquement le commissaire.

– Mais le pistolet? demandai-je. Il me semblait que vous aviez fait, au sujet de ce pistolet, une réflexion... Et je crois qu'elle coïncide avec la mienne.

– Et quelle est-elle, ta réflexion? demanda Scalambri avec condescendance.

– Simplement celle-ci : pourquoi, disparue au premier crime, nous fait-on retrouver l'arme à côté du cadavre de don Gaetano?

– Exact, dit le commissaire. C'est bien ce que j'ai pensé.

– Et si c'était quelqu'un d'autre, dis-je, qui a tué don Gaetano, quelqu'un qui savait où était caché le pistolet, ou qui l'avait trouvé par hasard?

– Grand Dieu, dit Scalambri, mais pourquoi faut-il compliquer les choses, qui le sont suffisamment déjà?... Le pistolet était caché là où l'avait caché celui qui a tiré sur Michelozzi, caché et bien caché; personne d'autre ne pouvait le savoir, ni découvrir l'arme par hasard ou par déduction. Si donc le commissaire pense comme toi et admet la possibilité qu'un autre ait pu la trouver, il lui faut reconnaître son incapacité et sans perdre une minute donner sa démission : parce que c'était son devoir de la trouver, et que pendant deux jours il l'a cherchée, en perquisitionnant dans les chambres et dans les bagages, en visitant toutes les cachettes, en examinant le terrain pied à pied.

Et pointant son index sur le commissaire :

– Vous croyez que quelqu'un a trouvé le pistolet, et que la personne qui a tué don Gaetano n'est pas la même que celle qui a tué Michelozzi ?

– Moi, je ne crois rien... Seulement, je ne m'explique pas la raison pour laquelle le pistolet a été laissé là, à côté de don Gaetano.

– Parce qu'il ne servait plus à rien : ça peut être une explication, non ?

– Ça peut, dit le commissaire, mais pour couper court.

– Et si ça peut, pourquoi faut-il en chercher d'autres plus compliquées, et qui compliquent ?

Et se retournant vers moi :

– Pense donc, à l'heure où don Gaetano a été tué, presque tout le monde était dans sa chambre; et le presque n'exclut que moi, toi, le commissaire, les agents, le cuisinier et le personnel de service; et don Gaetano. De toute façon, tous ceux qu'on pourrait soupçonner étaient dedans, chacun dans sa chambre. C'est du moins ce qu'ils m'assurent et me jurent... L'agent qui était de garde entre l'escalier et l'ascenseur dit que personne n'est sorti; et il n'a pas vu rentrer quelqu'un qu'il n'avait pas vu sortir. Celui qui était de garde à l'escalier de service dit la même chose. Et le commissaire, qui était ici à faire la sieste sur une chaise longue, le confirme : personne n'est sorti, personne n'est rentré... Alors?

Il ne reçut pas de réponse de nous, et se la donna lui-même : avec satisfaction.

– Alors, je trouve une explication assez simple : un des trois, deux des trois, tous les trois, se sont éloignés un moment ou, plus simplement, endormis.

– Pas moi, dit le commissaire.

– Bien : vous ne vous êtes pas éloigné, ni endormi. Bien. Ni l'agent qui était entre l'ascenseur et l'escalier. Mais celui qui était de garde à l'escalier de service? Tenez, vous, où est-ce que vous étiez, précisément?

– Ici, montra le commissaire.

– Et d'ici, vous pouvez jurer que vous avez sans cesse surveillé la porte principale et celle de service?... Et d'autant plus que vous n'étiez pas ici pour surveiller, mais pour faire la sieste, pour vous reposer...

– Je ne peux pas le jurer.

– Voilà, vous voyez : l'agent a dû s'endormir et vous, vous pouviez être en train de regarder ailleurs quand l'assassin s'est faufilé au-dehors. Il n'y a pas d'autre explication si on veut rester dans le domaine de la réalité, du bon sens. Mais si on veut en sortir, on peut arriver à tout ce qu'on voudra : jusqu'à penser qu'un de nous trois... Tenez : vous dites que vous êtes resté ici à faire la sieste; mais c'est vous qui le dites... Et toi, me demanda-t-il, tu dis que tu es allé... Où est-ce que tu es allé?

– Je suis allé tuer don Gaetano, dis-je.

– Tu vois à quoi on arrive, quand on quitte la voie du bon sens? dit triomphalement Scalambri. On en arrive au point où toi, moi, le commissaire, pouvons être soupçonnés au même titre que les autres et même plus : et sans qu'il soit possible de nous attribuer une raison, un mobile... C'est ce que je dis toujours, moi, mon cher commissaire, toujours : ce qu'il faut trouver, c'est le mobile, le mobile...

Tous deux demeurèrent quelques instants silencieux.

Il avait cessé de pleuvoir; un rayon écartait la nue. La voiture avec de lents cahots rentrait dans Rome.

– Dans ce cas, je sais ce qui me reste à faire, reprit Anthime, de sa voix la mieux décidée : je vends la mèche.

Julius sursauta.

– Mon ami, vous m'épouvantez. Sûr, vous allez vous faire excommunier.

– Par qui? Si c'est par un faux pape, on s'en fout.

– Et moi qui pensais vous aider à goûter dans ce secret quelque vertu consolatrice, reprit Julius consterné.

– Vous plaisantez?... Et qui me dira si Fleurissoire en arrivant au paradis n'y découvre pas tout de même que son Dieu non plus n'est pas le vrai?

– Voyons; mon cher Anthime, vous divaguez. Comme s'il pouvait y en avoir deux! comme s'il pouvait y en avoir UN AUTRE.

– Non, mais vraiment vous en parlez trop à votre aise, vous qui n'avez pour lui rien délaissé; vous à qui, vrai ou faux, tout profite... Ah! tenez, j'ai besoin de m'aérer.

Penché sur la portière il toucha du bout de sa canne l'épaule du cocher et fit arrêter la voiture. Julius s'apprêtait à descendre avec lui.

– Non! laissez-moi. J'en sais assez pour me conduire. Gardez le reste pour un roman. Pour moi, j'écris au grand maître de l'Ordre ce soir même, et je reprends mes chroniques scientifiques de La Dépêche. *On rira bien.*

– Quoi! vous boitez, dit Julius, surpris de le voir de nouveau clopiner.

– Oui, depuis quelques jours, mes douleurs m'ont repris.

– Ah! vous m'en direz tant! fit Julius qui, sans le regarder s'éloigner, se rencogna dans la voiture.

(GIDE, *les Caves du Vatican.*)

DU MÊME AUTEUR

Aux Éditions Denoël

LE CONSEIL D'ÉGYPTE

À CHACUN SON DÛ

LES PAROISSES DE REGALPETRA

LE CONTEXTE

L'ÉVÊQUE, LE VICE-ROI ET LES POIS CHICHES

LE CLIQUET DE LA FOLIE

LA MER COULEUR DE VIN

LES ONCLES DE SICILE

Impression Brodard et Taupin
à La Flèche (Sarthe),
le 1er décembre 1993.
Dépôt légal : décembre 1993.
1er dépôt légal dans la même collection : juin 1987.
Numéro d'imprimeur : 6096 I-5.
ISBN 2-07-037848-9 / Imprimé en France.

67260